京の森の魔女は迷わない

朝比奈夕菜

角川文庫
23295

Contents

京の森の魔女は迷わない　イラスト／漣ミサ
Characters
花満幸成《はなみつゆきなり》
お人よしの駆け出し医師。頼まれると断れず、いろいろ引き受けがち。
リサ・シラハセ・フローレス
偉大な魔女の祖母と陰陽師の母を持つ「異端の魔女」。

イラ

褐色の肌に黒髪、金色の瞳をした少年。
その実はリサの「使い魔」で虹蛇《ドラゴン》。

マリア・リベラ

リサの学校の同級生で主席卒業の魔女。フリーの魔女として活躍中。明るく聡明で皆の憧れ的存在。

ステラ・ウォーカー

同じくリサの同級生で、京都府警所属の魔女。世界で一番の「箒乗《ほうき》り」。お酒が大好きでさばさばした性格。

五十嵐暁名《いがらしあきな》

リサの幼馴染で、京都府警の警察官。寺の息子だが特別な力はなく、その代わり近接戦闘のセンスに長けている。

World

高度経済成長期の土地開発で、人々が禁足地に
踏み込んでしまい、怨霊が解き放たれた日本。
大混乱に見舞われた中で陰陽師が活躍し、以降公的職業となった。

陰陽師の中では蘭堂《らんどう》・菊宮《きくみや》・竹之内《たけのうち》・明梅《あけうめ》という高名な四家が
圧倒的力を持っており、各界で存在感を示す。

一方、外国由来の呪詛や怪異に対応するのは魔女だが、
魔女は公的職業とはされておらず、実力にもばらつきがある。

プロローグ

京都市内で昨日降っていた雪は止み、今日は嘘のような快晴だ。

木々に降り積もった雪は、朝日を反射して白く輝いている。

街中でも雪が積もったそうなので、まして山深い八瀬《やせ》では一面雪景色だ。

八瀬の山奥にある邸《やしき》の管理を祖母から任されていたリサは、広縁に座布団と脇息《きょうそく》を持ち出し、朝からゆったりと雪景色を堪能《たんのう》している。

今日のリサは白地に雪持ち笹の小紋を着ており、一緒に着付けた黒の流水文様の帯も祖母から譲り受けたものだ。幼い頃のリサは祖母が雪持ち笹の着物を着ている姿が一等好きだったので、着物を譲ってもらった時はとても嬉《うれ》しかった。

『リサ、あなたが神様より頂いた力は、人を虐げる為でも、あなたの私利私欲を満たす為のものでもない。人を幸福に導く為のもの。自分の為ではなく、人の幸せの為にその力を使いなさい』

リサが小学校に上がる年くらいだっただろうか。雪持ち笹の着物を着た祖母が、珍しく真剣な表情でリサに言った言葉をふと思い出した。

今ではあの頃の祖母と同じくらいの身長に育ち、好きだった着物も譲り受けて着られるようになった。

そして、大人になって、綺麗事《きれいごと》だけでは世の中渡っていけない事も知った。

子供や孫に対して綺麗で正しい世界で生きて欲しいという願望がある事は分かるが、綺麗なことだけでは生きていけない。

保護者の理想を押し付けられ、結局痛い目を見るのは夢ばかりを見せられて大人になった子供達だ。

普段の祖母は現実主義者で、子供相手にも夢見がちなことはあまり口にしない人だった。幼いリサもそれをなんとなく分かっていた。

だが、あの時だけは違った。だからこそ、あの時の言葉に強い違和感を覚え、二十年近く経った今でも覚えているのだろう。

なぜあの祖母がそんな綺麗事を幼い孫に言い聞かせたのか理解に苦しむ、とリサは祖母の言葉を思い出してため息を吐いた。

「リサ、こんなところにいたんですか」

「イラ」

褐色の肌に黒髪の少年が足早にリサの下へ向かって来る。満月のような金色の目が呆《あき》れた色を浮かべており、リサの近くまでくると広縁に膝《ひざ》を突いた。

「こんなところにずっといては寒いでしょう。風邪を引きますよ」

「だって雪がこんなにも綺麗に積もっているんだもの」

雪にはしゃぐ幼子を窘《たしな》めるようなことを言うイラと、駄々をこねてその場から動こうとしないリサは、外見と言っていることがチグハグだ。

「それにしてもこんな寒い所でわざわざ見なくてもいいじゃないですか」

「ここで見るのがいいのよ」

イラが何を言ってもリサはニコニコと笑って言い返す。やがて折れたのはイラの方だった。

「……電気ストーブと羽織る物を持ってきますので、ちょっと待っていて下さい」

「あら、ありがとう」

深々とため息をついて立ち上がったイラに、リサが礼を言いながらひらひらと手を振った。

第一話

魔女の下僕

休憩室で昼食に買っておいた大盛りのミートパスタをレンジで温めている途中で、スクラブの胸ポケットに入れていたPHSが鳴る。

医師の花満《はなみつ》幸成《ゆきなり》はPHSを右頬と肩で挟み、レンジのつまみを強制的にゼロに回して温めを終了させてPHSに出た。

「はい、花満です」

電話は救急車の受け入れ要請だった。患者の状態を聞いてすぐに戻ることを伝えると、大盛りパスタを根性で三口で食べ切り、救急へ向かう道すがら必死で飲み下す。

幸成が救急の部屋に着くと、看護師たちが患者を受け入れるための準備を整えていた。医師の中で一番下っ端の幸成が医師の中で一番乗りだったのでホッと胸をなでおろす。

受け入れ準備の人手は足りているということなので、幸成は患者を搬入するドアから外に出て救急車を待った。

「先生ご飯ちゃんと食べられはった？」

先ほど休憩室に行くのを見送ってくれたベテラン看護師の相原《あいはら》が、はんなりとした京都弁で聞いてきた。相原は大学生の息子がいるせいか、幸成の食生活をやたらと心配してくれる。

幸成が京都で働くことが決まった時、京都人は腹黒らしいと聞かされていたのだが、相原は口調こそは京都人だが、裏表がなく、性格がさっぱりしていて仕事がしやすかった。

「なんとか食べられました」

「良かった。先生体おっきいしこまめにエネルギー取らへんと動けなくなりそうやもんね」

「まったくもってその通りです……」

幸成は恥ずかしくなって首の後ろをかきながら自分の靴の先を見つめる。

いつまでたっても食欲が衰えないことが最近の幸成の悩みだった。

相原の言う通り、幸成は日本人男性の平均身長よりかなり背が高い。日本人女性の平均身長くらいの相原とは三〇センチほど差がある。幸い横には大きくならずひょろ長いが、背が高いせいか食事の量が人より多いのだ。

激務で知られる救急の医師になったが、生まれ持った能天気さと図太さのせいで精神的に病んだりすることもない。毎日ご飯が美味《おい》しすぎて、常に腹ペコで食べる量が多いので横にも成長するのではないかということが最近の悩みである。医学部の同期達にはメンタルが鋼すぎると引かれた。

救急車のサイレンの音が近づいてきて、その場にいた全員の空気がピンッと張り詰める。

滑るように救急車が入ってきて目の前に停まり、慌ただしく救急隊員が降りてその後ろを開けた瞬間、鮮やかな赤色が目を突いた。

ストレッチャーの上でスーツ姿の男性が横たわっているのだが、衣服は鮮血で真っ赤に染まっていた。

衣服などで吸いきれなかった血液がストレッチャーの端から滴り落ちている。患者は意識がなく、吐血が絶え間無く続いていた。

処置室へ運び入れながら、幸成は救急隊員から患者情報を聞く。

「四十代男性、三十分前突然路上で吐血し救急搬送されました。外傷はなし、血は吐血によるものです」

「花満先生はルート取ってね。出血点の確認するよ」

「はい」

看護師達が内視鏡を準備する中、幸成は先輩医師の水瀬《みなせ》の指示に従い、点滴や輸液をつなぐ為のルートを取る。

出血点が不明で止血ができていない今、時間が経てば経つほどルートは取りにくくなる。幸成は右手に針を持ち、焦りそうになる気持ちを精一杯抑え込んで左手の指先に全神経を集中させた。

　血まみれ患者こと、八城隆司《やしろりゅうじ》はなんとか一命はとりとめた。吐血の原因は十二指腸潰瘍《かいよう》で、内視鏡を使った止血術で止血することができた。

　やれやれと安心したのも束の間、八城はその日の夜に再び吐血をした。もう一度検査して確認すると、次は胃潰瘍による出血が確認され、処置を施すも翌朝に三度目の吐血をした。最初と同じ十二指腸からの出血だったが、前日の検査時にはなかった潰瘍で、水瀬は首を傾げるばかりだ。

　傷を塞《ふさ》いでも塞いでも次から次へと出血する。数時間前には何もなかった所に急に潰瘍ができ、出血するのだ。血液検査などでは異常が見つからず、ただただ出血を繰り返す謎の症状に、医師達は行き詰まった。

　幸成と水瀬は相談した結果、物理的原因を探ることも続けつつ、陰陽科《おんみようか》の医師にも診てもらうことにした。

　陰陽科は、陰陽道に関係する症例を扱う科のことを指し、医師は陰陽師の資格も持ち合わせている。

「俺陰陽科の先生って苦手なんですよね。なんか雰囲気独特っていうか……」

　幸成と水瀬はナースステーションで陰陽科の医師がやって来るのを待っていた。

「まぁ、あっちは精神とか信仰とかの思想の話にもなるし、診る土俵が違うから話があまり噛《か》み合わないよな」

陰陽師という職業が再び国家資格となり、医療の現場に進出し始めて約六十年。

高度経済成長期の土地開発で、人は禁足地にまで手を出してしまい、とある地に封じられていた怨霊《おんりょう》が解き放たれてしまった。

それに呼応する様に、日本全国に封じられていた怨霊や妖怪《ようかい》の封印が次々と解けてしまい、日本中が大混乱に陥った。

普通の人間では太刀打ちできず、日に日に被害が広がる中、明治以降日陰の存在となっていた陰陽師が表舞台に再び姿を現し、異形の者達を鎮めて回った。

なんとか主だった異形の者は鎮めることができたが、瘴気《しょうき》に中《あて》られた多くの人が異形の者が視えるようになってしまい、気を病む者が続出した。

その治療に当たったのも陰陽師であり、事態を重く受け止めた日本政府は陰陽師を再び公的職業としたのである。

「花満先生は霊的なものに影響受けやすいタイプ？」

「あんまり……」

「だろうなぁ」

水瀬がからりと笑う。

幸成も異形の者が視えるには視えるが、霊感の強い人に指摘されなければ分からないことも多い。元々あまりそういう類《たぐい》の者が寄ってこない体質のようで、不思議な体験や怪談にも縁がなくここまで生きてきた。

「お疲れ様です」

スーツに白衣姿の男性医師が救急のナースステーションにやって来た。幸成と水瀬は立ち上がって挨拶《あいさつ》する。

「竹之内《たけのうち》先生、お疲れ様です。わざわざ来ていただいてすみません」

「いえいえ。お忙しい救急さんのお願いなら断れへんわ」

竹之内はニコニコ笑っているが、眼鏡の奥の目がまったく笑っていない。

見た目だけなら今年二十八歳の幸成と同じくらいに見えるが、精神は一回り以上上に感じる。

三人でぞろぞろとICUにいる八城の下へ向かった。

「ほな、診てみましょか」

患者の横に立った竹之内が、静かに目を閉じてパンッと柏手《かしわで》を一つ打つ。その瞬間ぶわりと竹之内から波紋のように風が吹いた。ベッドとベッドを仕切るカーテンや幸成たちの髪を揺らす。

風が落ち着くと、竹之内が目を開けて幸成達の方を振り返る。

「うん、まぁ、原因は大体分かりました」

あのたった数秒で⁉　と幸成と水瀬は目を見開く。

「この人呪われたはります。でも、日本由来のものやない。この国以外の呪いやと思いますわ」

「はぁ」

「あとはこの人診れる術者探すだけです。ほな、頑張ってください」

「……ちょちょちょ、」

パンパンと手を払って颯爽《さっそう》と帰ろうとする竹之内を幸成は思わず引き止める。

「竹之内先生が診てくれるんじゃないんですか？」

「僕が診られるのは陰陽道由来のものです。先生方やって陰陽科の案件はよう診られへんでしょ。それとおんなじ。頼まれただけの仕事はしましたし、専門医探しはそちらでお願いします」

にこりと竹之内に凄《すご》まれ、幸成は背筋が粟立《あわだ》つ。

「救急の先生方からしたら、うちの科は暇そうに見えるかもしれへんけど、どこの科も原因不明のモンは何でもかんでもうちに回してくれはるから、猫の手も借りたいくらい忙しいんですわ。それに、僕は自分でできることは自分でする主義やし、人の仕事にも手ェは出さん主義です」

幸成は口をポカンと開けて呆気《あっけ》にとられ、水瀬は苦笑いを浮かべている。

口調はこの上なく優しいが、こちらに有無を言わせるつもりはさらさらないようだ。

颯爽と踵《きびす》を返す竹之内を幸成は呆然《ぼうぜん》として見送る。

水瀬とも話し合い、今後の治療方針はとりあえず八城を診てもらえそうな伝手《つて》を片っ端から当たるしかないという、意外性も何もない結論に至った。

「て言われてもなぁ……」

一体どんな人に診てもらえばいいのかまったく見当がつかなかった。そういった方面に詳しい知り合いも心当たりが少なく、顔見知り程度の陰陽科の医師に電話を掛けてみても「うちではちょっと……」と断られ、すぐに手持ちのカードは尽きてしまった。

国外の呪いかもしれないということで、魔女や魔法使いなど他国の術師に頼ることも考えたが、ネットで見つかるのは胡散《うさん》臭いものばかり。陰陽師以上に善し悪しが分からず、完全にお手上げ状態だった。

普段の業務に加えて八城を診てくれそうな医師探しをはじめて早二日。とうとう自分で調べられるだけのものには全て連絡しきってしまった。このままでは八城はゆるやかに死へ向かっていくだけだ。

行き詰まった幸成は医局の自分のデスクに頬杖《ほおづえ》をついて、つけっぱなしになっているテレビをぼんやりと眺める。

『続いてのニュースです。京都市内で乳児の誘拐事件が発生しました。今年に入り京都市内では同様の事件が三件続いており、京都府警は一連の事件を同一犯の犯行と見て捜査を進めています』

幸成に子供はいないが、なんとも薄気味悪い事件だと思った。

生活圏内で起きている事件とはいえ自分に直接の関わりはなく、遠い世界の出来事の様だが、すぐそこに不気味なものが迫って来ている様にも感じる。

ニュースを聞く度に、日常と非日常が交わっている様な、落ち着かない気分にさせられる。

「なんで三件も同じ事件が続いとるのに、犯人捕まらへんのやろ」

「警察にも事情があるんとちゃいます？　知らんけど」

ソファーでテレビを見ていた休憩中の医師達が好き勝手に意見を述べる。早く解決してほしいけれど、組織である以上色々とあるよなぁ、と幸成はテレビの向こう側で奔走しているであろう顔も知らぬ警察官に同情した。


「先生、えらいややこしい顔してはるなぁ」

言葉と一緒にピピピッと電子音が聞こえ、遠くに飛んでいた意識が一瞬で戻る。

「す、すみません」

ペコペコと頭を下げながら幸成は患者の藤田《ふじた》春子《はるこ》から体温計を受け取り、計測した体温を端末に打ち込んだ。

「責めてるわけやないんよ。ほんま絵に描いたような難しい顔やったからつい言うてしもた。かんにんえ」

にこやかに笑う春子は真っ白な髪が上品で、笑い皺《じわ》がとてもチャーミングな老婦人だ。

はんなりとした身のこなしや言葉遣いをする人で、竹之内が彼女と同じことを言ったら嫌味にしか聞こえないだろうが、同じ京都弁でも彼女が言うとまったく嫌味に聞こえないから不思議である。

「お医者さんでもそんなに悩むことあるんやねぇ」

「そりゃありますよー。和食食べたいけど中華も食べたいとかでよく悩んでます」

「そら難しい問題やねぇ」

くだらない冗談にも屈託なく笑ってくれるので、幸成をはじめ医師や看護師が彼女に癒《いや》されている。

春子は呉服屋を経営しているらしく、入院初日は和服姿のご主人と息子さん夫婦が来ていた。

京都で客商売とか大変そうだなぁ……と思った幸成は、そこであることに思い至る。

自分なんかより、彼女の方が絶対に豊富な人脈があるのではないか、と。

「あの、藤田さん、ちょっとご相談があるんですが……」

お見舞いに来た人用の丸椅子を引き寄せ、幸成は声を潜めながら話を切り出した。

春子はきょとんとした表情を浮かべていたが、やがてニヤリと口の端を持ち上げて妖《よう》艶《えん》に微笑む。

「お医者さんがウチに相談事やなんてただ事やないね」

幸いにも春子がノリノリで、幸成はホッと息を吐き出す。

個人情報は伏せて要点だけを話し、そっちの方面に詳しい人を知っていたら紹介してほしいと相談した。

春子は幸成の話を静かに聞き、にっこりと笑みを浮かべる。

「一人だけ、心当たりがありますえ」

「マジですか！」

ようやく見えた希望の道に幸成は思わず大声をあげそうになったが、なんとか声を抑えた。

「八瀬の山奥に、魔女がいはるんよ。昔、息子が五歳の時に熱が全然下がらへんかったことがあってな。原因が分からへん、ただの風邪やろて病院を何軒もたらい回しにされたんよ。そのことを店の常連さんに言うたら、魔女のことを教えてくれはった」

魔女のおかげで息子の容態は快方に向かい、今日に至るそうだ。幸成は先日春子の見舞いに来ていた息子の姿を思い出す。

「魔女さんに会うたのはもう五十年前で、その時二十歳くらいやったかなぁ。金色の髪に青色の瞳《ひとみ》で、ほんまお人形さんみたいな外国の人やったけど、お着物綺麗《きれい》に着こなしてはったねぇ」

魔女なのに着物？　と幸成の頭の上にハテナマークが飛び交う。

「地図ならなんとか描けると思うしちょっと待ってな」

春子は幸成にボールペンを借り、手近にあったメモ用紙に魔女の所までの地図を描いてくれた。はい、と流麗な字で書かれたメモを渡される。

「あと魔女のことは他の人に言うたらアカンよ。不用意に魔女のこと言うたら呪いがかかるって言われたし。本当かどうかは分からへんけど」

メモを受け取りながら言われた言葉に、え、と幸成の顔が引きつった。

「でも、藤田さん今俺に魔女のこと……」

「ええのええの。知ってるんよ、ウチ、余命そんなにないんどっしゃろ？　最後に先生のお役に立てるなら本望やわ」

微笑む春子に、幸成はなんと言うべきか一瞬言葉に詰まった。

「いや、藤田さんは骨折で搬送されて、整形外科のベッドに空きがないので救急で待って頂いてるだけなので、めちゃくちゃ健康ですよ」

幸成の言葉に春子はきょとんとした表情を浮かべ、自分の勘違いに声をあげて笑った。

「ええのええの。老い先短い身やし、せめて人様のお役に立ちたいんよ」

こんなに気持ちのいい笑顔で人の為に、と言い切れる春子の強さに、幸成は惚《ほ》れ惚《ぼ》れとした。

春子が教えてくれた魔女に会いに、幸成は貴重な休みの日に京都市の外れにある八瀬の山中にやって来た。

三月になり暖かい日も徐々に増えてきてはいるが、昨日から市内は強く冷え込んでいる。山深い八瀬のあたりは雪がうっすら積もっており、一応スタッドレスタイヤをつけているとはいえ、慣れない雪道の運転に幸成は内心ヒヤヒヤしていた。

春子に描いてもらった地図を頼りに山の中を進めば、やがて山肌に沿うように建つ屋敷が鬱蒼《うっそう》とした緑と雪の中に姿を現した。屋敷は塀に囲われており、造りは和風のようだ。日本かぶれのなんちゃって和風ではなく、純和風のもの。魔女が着物を綺麗に着こなしていたという話からも、かなり力の入った親日家ということが分かる。

路上に車を停めるわけにもいかないので、来る途中にあった小さなパーキングに引き返して車を停めて来る。今も粉雪がチラチラと舞っており、山中ということもあって寒さは肌を刺すように厳しい。

結局電話番号などは分からず、アポなしの突撃訪問のため、幸成は少し緊張していた。手土産は相原に教えてもらった老舗《しにせ》の和菓子店の豆大福だ。朝早くに行列に並んで買った勝負菓子である。

紙袋の取っ手を握る手にジワリと緊張の汗がにじみ、小さく深呼吸をして門柱のインターフォンを押した。

『はい、どちら様ですか？』

しばらくするとインターフォンから少し高めの男の子の声が聞こえる。幼そうな声音なのに、落ち着いた雰囲気なのがチグハグしているように感じた。

「あの、突然すみません。私、誠倫《せいりん》病院の医師で、花満幸成と申します。とある方にこちらに『魔女』がいらっしゃると聞きまして……ちょっとご相談させていただきたいことがあるのですが、お話だけでも聞いていただくことはできないでしょうか……？」

少し屈《かが》んで、インターフォンに向かってできるだけこちらの状況を分かりやすく端的に伝える。

『分かりました。主人に聞いてまいりますので、そのままで少々お待ちください』

一旦《いったん》インターフォンの音声が切れ、幸成は小さく息をついた。

どうやら『魔女』の存在は確からしいので、そのことにまずホッとした。「は？」とか言われて頭のおかしい人がいると警察に通報されたらどうしようかとビクビクしていたのである。

数分そのままでいると、もう一度インターフォンがつながる音がした。

『主人がお話を伺いますとのことです。今からそちらにお迎えにまいります』

「あ、ありがとうございます！」

予想以上に話がトントン拍子に進み、嬉《うれ》しさのあまり幸成はインターフォンに向かって大きな声で礼を言いながら何度も頭を下げる。

しばらく待っていると、重厚な木の扉がギィ、と音を立ててゆっくり開いた。

「寒い中お待たせしてしまって申し訳ありません」

門を開いて現れたのは、褐色の肌に黒髪を持つ小学校低学年くらいの少年だった。フワフワのウェーブしている黒髪に粉雪が付いている。目の色は満月のような金色で、日本ではあまり見ないエキゾチックな容姿に幸成はポカンと少年を見つめた。

「花満様、どうぞこちらへ」

ぼんやりとしている幸成に気づいた少年が振り返って促す。現実に戻って来た幸成は慌てて少年の後を追いかけた。

門の向こう側はよく手入れの行き届いた日本庭園だった。山の高低差を利用して木々の間を遣《や》り水が通っており、広大な庭はしんと静まり返っている。

石段や坂を何度か登ると、緑の中に日本家屋が現れた。地形に合わせて建てられているせいで造りが入り組んでおり、屋敷の全貌《ぜんぼう》はよく分からないがかなり広そうだ。

幸成はてっきりその家に通されるのかと思ってワクワクしていたのだが、少年は屋敷の玄関に続くであろう道を素通りして、さらに奥へと続く道を進んで行く。

このまま山奥に連れて行かれて殺されそうだな……と思いながらも、幸成は少年の後を付いていった。

やがて背の高い木がなくなり、少し開けた場所に出た。大きな鳥かごのような温室が姿を現し、温《ぬる》い太陽の光を反射してガラスがキラキラと輝いている。

少年は扉を静かに開けて、幸成を温室の中に促す。幸成が恐る恐る足を踏み入れると、ふわりとあたたかい風が頬を撫《な》で、肌を刺すような寒さがゆるまって肩の力が抜けた。

温室の中は幸成が見たことのあるものからないものまで、色とりどりのいろんな種類の草花が行儀よく植えられている。

しばらく歩いていくと緑の海の向こう側で、黒髪の着物姿の女性が椅子に腰掛けて本を読んでいるのが見えた。

空色の地に白鳩が舞う着物を着付け、南天の帯を締めており、シャンと姿勢を正してカップで紅茶を飲んでいる。

「リサ、お客様をお連れしましたよ」

少年に名前を呼ばれた女性は読んでいた本から顔を上げ、彼女の晴れた夏空のような真っ青な瞳と幸成の日本人然とした黒い瞳が交わった。その瞬間、にこりと微笑まれて幸成はどきりとした。何もかもを見透かされそうな瞳に、恐怖を感じる。

「ありがとう、イラ」

「どういたしまして」

イラが横に避《よ》けて幸成に前へ行くよう促す。

「よくお越しくださいました、花満様。リサ・シラハセ・フローレスです」

「あっ、いえっ！　こちらこそ急に押しかけてしまってすみません！　花満幸成と言います！」

彼女が立ち上がり、たおやかにお辞儀をした。慌てて幸成もペコペコと頭を下げる。一応自分の名刺も渡した。

リサは日本語が堪能《たんのう》で黒髪というのもあり、振る舞いは着物に慣れた日本人だ。パーツや顔立ちで、どことなく異国の雰囲気を感じさせられる。

しかし、リサの外見はどう見ても幸成と同じ年か、下手をすれば年下に見えた。春子の話を聞く限り、七十歳くらいのおばあちゃんが出てくると想定していたので幸成は混乱したが、これが巷《ちまた》で噂の美魔女と言うやつか……と一人で納得する。

そちらにどうぞ、とリサの向かい側の椅子を勧められ、幸成はおずおずと腰掛けた。

手土産の豆大福を渡すと、リサはここの大福大好きなんですとにっこり笑う。

紅茶を飲んでいたので洋菓子にすれば良かったかな、と思ったが、イラは日本茶を淹《い》れて豆大福と一緒に出してくれた。黒文字が添えてあるが、果たしてこれを使って綺麗《きれい》に食べられるだろうか……という不安が幸成の胸中をよぎる。リサは想像通り美しい所作で大福を切り分けて口に運んでいるので、ハードルは上がる一方だった。

「ご依頼をお受けできるかどうかは分かりませんが、とりあえずお話を伺っても？」

「は、はい！」

目の前の大福の攻略に夢中になりかけていた幸成は、リサの声で現実に戻り、自分の患者について相談した。

あらかたの話を聞き終えたリサは一度目を伏せて、数秒考え込んだ後再び視線を上げて幸成と目を合わす。

「実際患者様を診てみないことにはなんとも言えません。魔術にも医療と同じで専門分野がありますし、術師の腕前にもよります」

「はい」

ここでリサに見捨てられたらまた振り出しに戻ってしまう。どうか、やっと見えた希望の糸を切らないで欲しいと、幸成は神妙に頷《うなず》きながら心の底から願った。

「一度、患者様を診せていただいてもよろしいですか？　私の手に余るようなら知り合いを紹介するくらいは致しましょう」

「マジですか！」

想定以上の良い返事に幸成は思わず素の反応をしてしまった。すぐに我に返って口を手で覆う。

「マジですよ」

リサは気分を害した様子もなく、ニコニコと笑って頷いた。

「明日《あした》は予定が空いていると思うので、病院の方に伺わせていただきますね。都合のいいお時間はありますか？」

事は一刻を争う。家族の方には後で自分がきちんと説明して、納得してもらう様に持っていくしかない。

「昼の十二時頃でお願いできれば……急患が入ったらお待たせしてしまうかもしれないのですが……」

「構いませんよ。では十二時に病院の屋上で待ち合わせましょうか」

「分かりました。よろしくお願いします」

とりあえず見えてきた小さな希望が潰《つい》えることがなくてホッとした幸成であったが、魔女の家を後にしてから、なぜ待ち合わせが屋上なのかと首を傾げた。


幸成は病院に戻り、スクラブに着替えて八城の家族に連絡を入れる為ナースステーションに顔を出した。

「あら、先生今日休みやったんやないの？」

ちょうど書類仕事をしていた相原に声を掛けられる。

「藤田さんに教えてもらった魔女に明日八城さんを診てもらえることになったので、ご家族に連絡を入れたくて」

「八城さんのご家族ならさっきお見舞いに来てはったよ。まだいはるんとちゃうかな」

タイミングの良さに幸成はいても立ってもいられず駆け出そうとしたら、首根っこを摑《つか》まれて軽く首が絞まった。

慌てて後ろを振り返ると、相原が眉間《みけん》にシワを寄せて幸成の服の襟を摑んでいた。

「花満先生やから大丈夫やと思うけど、そういう話は特に慎重にしいひんとあかんで、先生。ただでさえご家族が意識不明でピリピリしてはるんやから。特に今回は状況が特殊やし、いつも以上に丁寧に説明するんよ？」

「わ、分かりました」

いつも患者や患者の家族に病状や治療計画の説明をする時は緊張するものだが、相原の言葉により一層身の引き締まる思いがした。

幸成は八城の病室に向かい、ドアをノックする。返事が聞こえて来たので失礼します、と言って病室に入ると、ベッドの上で眠っている八城のそばで、八城の母親が荷物の整理をしていた。今まで父親の姿を見たことはない。

「先生、いつもお世話になっております……」

八城の母親が幸成に向かって深々と頭を下げるので、幸成も頭を下げる。腰が痛いのか、体を起こす動作が少しぎこちなかった。

「八城さん、息子さんの病状について説明があるのですが、今お時間よろしいですか？」

幸成の言葉に八城の母親の表情が強張《こわば》った。どれだけ穏やかな口調で言っても、医師から説明があると聞かされて緊張しない人はあまりいない。

「様々な検査を行いましたが、大きな異常は見つかりませんでした。そこで、当院の陰《おん》陽《みょう》科《か》の医師に協力を依頼しました。陰陽科の医師の見立てでは日本由来でない呪詛《じゅそ》をかけられている可能性があるとのことです」

八城の母親から表情がごっそり抜けおちた。唇が細かく震え、怖いくらい目を見開いて幸成を見据える。

はくはくと何度か息を吐き出して、ようやく声を絞り出した。

「……先生は、あの子が、誰かに呪われるような人間だと、思われているんですか」

「いえ、そういうことではなくてですね」

搬送されてから意識が戻っていない患者がどんな人間なのかを知ることはできない。ただ、幸成は事実のみを伝えていたつもりなのだが、八城の母親にとって幸成の言葉は息子を「人に呪われても仕方ない人間だ」と言われたものと捉《とら》えられてしまったようだ。

今はそういう話をしたいわけではないのに、感情が昂《たか》ぶると、どんな話もマイナスな感情に引きずられてしまうのだろう。

どうやって言葉を尽くすか、幸成は必死に頭の中の辞書をめくった。そして、負の感情に引きずられないよう、腹の底でゆっくりと呼吸をし、口を開く。

「八城さん、私はこれからの話をしたいと思っています。息子さんを助ける為の話です。今重要なのは病気の特定と、治療方法の決定です。我々はそれ以外に関与しません。というかできません。私たちにできるのは、患者さんを助けることに全力を出すことだけです」

患者がどういう人間なのか、医師や看護師には関係ない。たとえ自殺をしようとした人間だろうと、人を殺した人間だろうと、病院に運び込まれた時点で助ける為の道を必死で探す。

命を助けることが幸成たちの仕事であり、それ以外のことはまた別のプロがいるのだから、医療の現場で患者の人間性を問うことはしない。

八城の母親はまだ少し納得していないようだったが、口を開こうとはしなかったので、幸成はそのまま説明を続ける。

「日本由来のものでなければ陰陽科の先生も対処できないとのことだったので、息子さんを診てもらえる人を探し、一人だけ見つけることができました。リサ・シラハセ・フローレスという魔女の方です。明日、息子さんを病院に診に来て下さることになりました。治療できるかどうかはそこでの判断となるそうですが、もし、フローレスさんに治療を頼む場合は自費診療となってしまいます」

命の話をしている時に金が絡む話はなんとも居心地が悪い。だが、人間の生活とは切っても切れないものが金だ。

医療には人の気持ちももちろん必要だが、薬や包帯、メスの刃から縫合する糸に至るまで、十分な医療を行う為には医療品も必要となってくる。そしてそれらは決してタダではない。

医療は人を選ばず平等に施されるべきだが、それと同時に金銭負担も平等に降りかかる。日本では最低限の医療は国民皆保険制度で保証されているだけ恵まれているのかもしれないが。

母親は俯《うつむ》いて唇を一文字に引き結んでいる。

「とりあえず、明日フローレスさんに来ていただいて、息子さんが治療可能かどうかの判断をしていただきます。契約するかどうかはその後決めて頂ければ大丈夫です……正直申しますが、息子さんの容態を見る限り、あまり時間をかけることはできません。判断は早めにされた方がいいかと思います」

医療の分野から八城を診れば、今この瞬間にも急変して死んでしまってもおかしくない。

金と時間と命を天秤《てんびん》にかけ、患者本人、患者の家族に選択を強いるこの行為に、幸成は全く慣れることができず、胃の底が重くなる心地がしていた。

翌日の十二時五分前、幸成は勤務先の病院の屋上でリサを待っていた。

昨日、一昨日《おととい》の寒さが嘘のような陽気で、朝は少し冷え込んだが昼間の今は半袖《はんそで》のスクラブだけでも十分快適にすごせる。

「でもなんで屋上なんだ……？」

普通待ち合わせるなら一階の総合受付だろう。不思議な待ち合わせ場所の指定に、幸成は首を傾げながら一人つぶやいた。

柵《さく》にもたれて京都の町並みをぼんやりと眺めていると、ふと、影がかかる。最初は雲か飛行機が通り過ぎたのかと思ったが、

「花満先生」

頭上から声が降ってきた。何も考えず反射で振り仰ぐと、箒《ほうき》に横乗りしたリサが宙に浮いていた。

「お待たせして申し訳ありません」

「い、いえいえ！　時間ぴったりです！　はい！　ていうか箒!?」

リサの手には物語でよく見る魔女が持っていそうな箒が握られていた。ただ、そこら辺のホームセンターで売られているようなものではなく、毛先はシュッと整えられて柄の部分もよく磨かれているのか、ツヤツヤと輝いている。

「花満先生はあまり見たことありませんか」

音もなく箒から降り、首を傾げるリサ。

「箒に乗っている人を間近で見たのは初めてですね……」

陰陽師や魔女は架空の存在とされていたが、近年では公に存在を確認されて陰陽師に至っては国家資格となっている。それは幸成とて分かっているが、今まで周りにはいない人種だったので、いちいち驚いてしまう。遠目で空を飛んでいるところを見たことはあるが、テレビの向こう側のことのように感じていた。

今日のリサは黒のブラウスに白地に梅柄の着物を着て、黒の帯とブーツを合わせている。初めて見るコーディネートに幸成は面食らった。

幸成の中の着物のイメージは、姉や妹の成人式の振袖か母親が入学式や卒業式に着ていた着物くらいだ。

着物というと伝統的でかっちりとしたイメージしかなかったが、こんな風に型を破っていいものなのだと思い知らされる。ただ、異なる素材を合わせても奇天烈《きてれつ》にならないのは、リサのバランス感覚が優れているからなのだろうと幸成は思った。

彼女の周りには白い魚のような細長い生き物がフヨフヨと漂っている。幸成は目を凝らしてそれの正体を確かめようとしていたが、突然魚が光を放ったので、眩《まぶ》しくて目を閉じてしまった。目を開けた次の瞬間、白い魚が泳いでいたそこにはイラがニコニコと笑って立っていた。

「えっ、えっ⁉ イラ君どこから出て来たの⁉」

「ずっとリサの隣にいましたよ？」

「いやいやいや！ 今パッて出て来たじゃん⁉」

嚙《か》み合わない二人のやりとりをリサがクスクスと笑って見つめている。

「さっきの白い魚がイラの仮の姿なんですよ」

このままでは話が平行線になると思ったのかリサが種明かしをする。

「僕はリサの使い魔の虹蛇《にじへび》、分かりやすく言いますとドラゴンです」

理解が追いつかず、幸成はパクパクと口を開け閉めしてしまう。

神も仏も悪魔も鬼も、この世に存在していることは幸成とて理解している。

だが、今まで身近にいたことがなく、生まれたら神社に行き、クリスマスはキリストの誕生を喜び、死んだ時は寺に行く日本人らしい宗教観の持ち主の幸成にとって、そういうものは自分の世界に存在していなかった。

勉強は吐くほどして来たつもりだったが、世界とやらはまだまだ広く、未知のものが存在していることを痛感した幸成であった。

箒を手にした着物姿のリサが病院内を歩くと、そこら中の視線が集まる。それらを振り切って八城の個室にやっとの思いでたどり着いた。

病室をノックすると返事があり、扉を開けるとベッドの側の椅子に座っていた八城の母親が立ち上がって頭を下げる。

「八城さん、この方が昨日お話ししたリサさんです。リサさん、こちらは患者の八城隆司さんのお母様です」

「はじめまして、リサ・シラハセ・フローレスです」

「八城隆司の母です」

二人が軽く会釈をして自己紹介をし合う。

「では早速診察させていただきます」

「よろしくお願いします」

ベッドの隣に立ったリサは、八城の頭からつま先までを視線だけで観察していた。やがてゆっくりと幸成と八城の母親の方へ振り返り、口を開く。

「陰陽師《おんみょうじ》の先生が仰《おっしゃ》る通り、この方は魔女、もしくは魔法使いによる呪いを受けています。私で対処可能な案件ですが、どうされますか？」

「あの、お値段がどのくらいになるかお聞きしても……？」

恐々と八城の母親が聞くと、リサは顎《あご》に手を添えてしばらく考え込んだ。そしてにっこり笑って人差し指を三本立てた。気になるのはその後にどれくらいのゼロが付くか、である。

「少なく見積もって、三百万円になります」

「さんっ……⁉」

清涼度一〇〇％の清々《すがすが》しい笑顔で言い放たれた。想像以上の値段に八城の母親は息を呑《の》み、素《す》っ頓狂《とんきょう》な声が漏れた幸成は反射で口を押さえた。

出せない額ではないが、ポンと出せる額でもない。当たり前だが、八城の母親も顔を青くして視線を下げている。

「返事は急ぎませんが、正直どこまで保《も》つかは断言しかねます」

いつ容態が急変してもおかしくないというのはリサも幸成と同じ見解らしい。

やがて八城の母親は弱々しくリサに向かって頭を下げた。

「よろしく、お願いします……」

「承りました」

にっこり笑ってリサも頭を下げる。

「では契約成立ということで正式に契約締結をお願いします」

そう言いながらリサは箒をイラに渡し、着物の袂《たもと》に手を入れて細長い何かを取り出す。

それは白い小さな花がいくつも連なっている馬酔木《あせび》の枝だった。

「えっ、手品？」

無理やり入れようと思えば入るだろうが、袂に何か入っているようには見えなかった。

幸成は小鳥のように忙《せわ》しなく袂と出てきた馬酔木とを交互に見比べ、八城の母親は目を丸くして袂を見つめている。

「大雑把に言いますと、収納が得意な悪魔と契約しているんです。自分と相性のいい悪魔と契約して使役することが魔女の能力です。箒に乗れるのも、風を操る悪魔と契約しているからですね」

「なんか、契約社員みたいな感じなんですね」

魔女と悪魔の関係が意外と現代の雇用形態と似ていて、少しだけ幸成は親近感が湧いた。

しかし、笑顔のリサから「悪魔」という単語がサラリと出てきて、思わず内心ギクリともしてしまった。

着物姿で穏やかな笑顔のリサは幸成の中の「魔女像」とはいい意味でかけ離れていた

ので、ふとした瞬間の言葉や魔術を見るたびに「ああ、この人は魔女なんだな」と思い出させられた。

「今から私と八城様との間で契約を交わします。この契約を交わすことにより、一方的な契約破棄はできなくなりますが、よろしいですか？」

馬酔木の枝を両手で恭しく持ち上げて美しく微笑んだリサが小首を傾げる。

「……はい」

神妙に頷《うなず》いた八城の母親を見たリサは、より一層深く微笑む。

「では、手を花の上にかざして下さい。あと、下のお名前をお伺いしたいのですが」

「由紀子《ゆきこ》です」

「ありがとうございます」

由紀子が言われるがまま花の上に手をかざすと、花に白い光が灯《とも》る。

「我、リサ・フローレスは八城由紀子と約定を交わし、これを違《たが》えず果たすとここに誓う」

白い光は花全体に広がった瞬間、パッと弾《はじ》けて互いの左手の人差し指に輪を作る。

「この指輪は契約のしるしです。約束を違えれば、お互いに指が飛びます」

まるでヤクザのそれだ。幸成と由紀子は呆然《ぼうぜん》とした表情で由紀子の左手を見つめた。

「ちょっと失礼しますね……イラ」

言葉を失っている二人を尻目《しりめ》に、リサは八城に近寄り、髪の毛を一本引き抜いてイラを呼んだ。

「あとは頼みましたよ」

「はい」

イラは短く返事をすると、瞬《また》き一つで白い魚の姿になり、八城の髪をくわえて窓から外に出て行った。

「さて、早速ですが患者様の基本情報、主に人間関係を教えていただけますか」

イラを見送ったリサが、くるりと踵《きびす》を返して幸成達の方へと向き直る。

「えっ、そういうのも魔術で調べてもらえないんですか？」

魔女は魔法の力で人智を超えた事を無制限に行えると思っていた幸成は、素っ頓狂な声をあげた。由紀子も疑わしそうな目でリサを見つめている。

リサはパチパチ、と二度ゆっくり瞬きして苦笑を浮かべた。

「もちろん魔法で調べる事も出来ますが、それ相応の対価が必要となるので追加料金が発生しますよ？　それに、こういうのは魔法を使うより人やネットを使った方が早いです。私は魔法を使っても構いませんがどうしますか？」

世の中何をするにも対価は必要だ。そんな単純な事を忘れてタダでやってもらおうと思った自分が幸成は恥ずかしくなった。幸成たちは大人しくリサに従うことにする。

八城のベッドの隣に三つ丸椅子を並べて向かい合う。意識がないとはいえ、本人がいる部屋でその人の話をするのはなんだか滑稽《こっけい》だった。まるで三者面談みたいだな……と幸成は少々八城のことを不憫《ふびん》に思った。

「最近息子さんから何か人間関係でトラブルを抱えているなどの話は聞いていませんか」

「いえ……」

「仕事関係はどうですか？」

「忙しそうで朝早くに家を出て、夜遅くに帰って来ますが、特に問題を抱えているようには見えませんでした」

リサは手を口元に持っていき、目を伏せて少し考え込む。

「ご家族はお母様だけですか？」

「はい。私の夫は三年前に他界したので、今は隆司と私の二人で暮らして……」

言葉の途中でハッと目を見開き、由紀子はリサの目をまっすぐ見た。だがすぐに目線をさまよわせ、言い淀《よど》む。幸成とリサが根気強く由紀子の言葉を待つと、やがて観念して重い口を開いた。

「あの、隆司は去年離婚して……」

蚊の鳴くような声で告げられた言葉は、幸成からすればそこまで驚くようなことではなかったが、由紀子の年代からすれば離婚はよほど恥ずかしいことなのだろう。

しかし、今のところの突破口はそれしかなさそうだと幸成は思ったし、目の前のリサも幸成の視線を受けて小さく頷いた。

あのまま由紀子の前で話すわけにもいかないので、話を詰めながら昼食を食べようということになり、幸成とリサは病院の食堂にやってきた。

幸成はカツ丼、リサはオムライスを頼み向かい合って座る。

「折り入って花満先生にお願いしたいことがあるのですが」

「……絶対いい予感はしませんが、なんでしょうか」

「八城隆司さんの元奥様、紗英《さえ》さんにお話を伺ってもらえないでしょうか」

「デスヨネー」

想定していたこととはいえ、嫌すぎるそのお願いごとに、幸成は思わず遠い目をする。

「だって、怪しさ満点で女の私が連絡しても警戒されるだけじゃないですか。しかも元旦那《だんな》絡みとか災い以外の何物でもない」

「いやいやいや、俺が行ったところで変わるのって性別くらいじゃないですか」

「何をおっしゃいます」

リサがニッコリとお手本のような笑みを浮かべる。

「八城隆司さんの担当医という、私が持ち得ない、最高で最強のカードを先生は持っていらっしゃるじゃないですか」

「それはそうですが」

確かにリサが出向くより幸成が出向いた方が各所の精神的負担は少ないだろう。しかし、誰が好き好んで見ず知らずの女性の傷口かもしれない部分に突っ込んで行きたいものか。

「俺は八城隆司さんがどんな人かはまだ知りませんが、元嫁さんがあのお義母《かあ》さんを相手にしていたとなると、離婚したい気持ちも分かりますけどねぇ」

「それは同感です」

あの後、それまで息子が離婚していたという事実を隠したがっていた人とは思えないほど、由紀子は饒舌《じょうぜつ》になっていた。

『離婚したら女は苦労するのに、我慢が足りないんですよ今時の子は。女が自由に生きていける時代とか言いますけどね、それは家庭で我慢できない人が家から出ていくだけでしょう?』

などなど、表面上は元嫁の身を案じているものだが、中身は息子に離婚というレッテルを貼った女が悪いと言わんばかりの悪口のオンパレードだった。

「あれが善意一〇〇%で言っている感じが全く救えないですよねぇ」

カツを頬張りながら幸成は元嫁に同情した。嫁姑《しゅうとめ》問題が離婚の一端を担っている可能性もあるんじゃなかろうかと幸成は思ったが、それを口にできるほど勇者でもなかったのでさらっと流した。

「悪魔というものは人の外だけでなく内にも存在するものですから」

うっすらと笑いながら、リサは言外に由紀子の身の内には悪魔がいると言う。

たまに垣間《かいま》見える言動や表情がやはり魔女なのだなぁと幸成は呑気《のんき》に思った。


結局リサにやんわりと押し付けられ、幸成は八城隆司の元嫁、森下紗英《もりしたさえ》に話を聞く役になってしまった。

幸成は由紀子から連絡先を教えてもらい、夕方、誰もいない病院の休憩室で森下紗英に電話を掛けた。

『もしもし……？』

長いコール音の後に、怖々とした女性の声音が聞こえた。

「突然お電話してすみません。私、誠倫病院の医師で、花満幸成と申します。八城隆司さんのことでお伺いしたいことがありまして、お電話させていただきました。森下紗英さんの携帯電話ですよね？」

『あー……』

明らかに困っているような声を出す。その気持ちはすごくわかる。元旦那絡みで病院から電話が掛かってくることなんていい話ではないだろう。お気持ちはお察ししたいところだが、そうも言っていられない。

「すみません、本当にお話をお伺いしたいだけなんです。森下さんのお気持ちはお察しします。いや、こんな電話を掛けている時点でどの口が言うかとは思われると思うんですが、あの、お話だけ聞かせていただけませんか。もちろん森下さんが話したくないことは話さなくて大丈夫です。途中で切ってもらってもいいです。なので、お願いします」

電話を切られたくない一心で早口でまくし立て、電話口で見えもしないのにペコペコと頭を下げてしまう幸成。

『……分かりました』

うんざりしている気持ちが電話越しにも鮮明に伝わってくる。幸成は心の底から申し訳ない気持ちでいっぱいになった。

かいつまんで八城の現在の状況と、紗英に連絡をとるに至った経緯を話す。先ほどとは逆に『元夫とお義母さんがご迷惑をおかけしているようですみません……』と紗英に謝られてしまった。

『八城は普段は無口な人なんですが、お酒が入ると良くも悪くもなんでも口に出してしまう人でして。それでトラブルになったことは何度かありますし、私が離婚しようとした原因の一つでもあります』

紗英から聞く話は、由紀子から聞いていた話とは真逆のものだった。

由紀子が嘘をついている訳ではない。立場や、人に向ける感情によって、見え方は異なる。

しかし、嘘はついていないが、由紀子の言っていたことは事実とは異なっている可能性が浮上してきた。

幸成は紗英の話を聞き、そりゃあ呪われるだろ、と声を大にして言いたかった。そんな人間の為に走り回っていることが虚《むな》しくなって来る。

『離婚をしたいと思っていることをお義母さんに相談したら、あの子はお酒が入っているからあんなことを言ってしまうだけよ。勢いで言ってしまうだけだから許してあげて。こういう時流してあげるのが大人でしょうって。あんたの息子は大人じゃないのかって喉元《のどもと》まで出かかりましたよ』

「全くおっしゃる通りです……」

なぜか幸成の方が居た堪《たま》れない気持ちになり、次第に背中が丸くなってくる。

『お酒が入ると何を言ってもいいと思っている人なので、何人かはご迷惑をおかけした人はいます。あと……』

紗英が少し言い淀《よど》む。やがて細く息を吐く音が聞こえて、先ほどよりも少し低い声音で話し始めた。

『離婚が決まった時、お義母さんに、あなたに子供ができないと分かっていれば、あの時の外国人の子に子供を堕《お》ろせなんて言わなかったのにと言われました』

「は」

幸成は頭の中で紗英が言った言葉、かつて由紀子が紗英に放った言葉の意味を理解できなかった。

電話の向こうで幸成が困惑しているのを察した紗英が、苦笑をこぼす。

『私もあまり詳しくは知りませんが、昔知人から八城が外国の方とお付き合いしていたと聞いたことがあります。その方との間に子供ができたけれど、お義母さんに反対されて私と結婚したのでしょう。お義母さんは考えの古い方なので、八城と外国の方との結婚を許す筈《はず》がありません。あんなクソみたいな男でも、大人になるまで育てた母親が、子供を授かった女性にそんなことを言ったのかと思うと、気持ち悪くて仕方がありませんでした』

紗英に言った言葉も、その女性に言った言葉も、由紀子自身にとっては正すべき事なのだろう。由紀子にとって、自分と息子の幸せこそが絶対の正義であり、自分達の幸せに沿わないことは「間違っている」ことで、自分が正さなければならないこと。

だからこそ、悪意がない。正しいことをしていると思い込んでいるから。そうでなければそんなことを言えない。

悪意があるからと言って人を傷つけていいわけではないが、悪意がないからと言っても人を傷つけていい筈がない。

人の価値観はそれぞれ違うものだが、価値観の違う中でお互いを思いやりながら生きていくのが人という生き物だ。八城親子にはそれが決定的に欠けている。

幸成が今までの人生で触れて来たことのない悪意のない悪意。世の中にはこんな醜悪なものがあるのかと、気が遠くなった。

『なかなか曲者《くせもの》な親子ですね』

その日の夜にリサに連絡を入れると、何が面白いのか電話越しにクスクスと笑われた。

「笑い事じゃないですよ。俺そのあと八城さんに電話して確かめたんですからね」

その時のことを思い出して幸成は生気をごっそりと削られた。休憩室の椅子にだらしなくもたれかかり、深々とため息をつく。

由紀子の発言について追及し始めると泥沼になるのは目に見えていたので、息子が付き合っていた外国人の女性がいたかどうか、と言う事実確認だけをした。

由紀子は「子供ができたから結婚したいって言われましたけど、外国の人との結婚なんてとんでもないって言って止めました」と何事もなかったかのように肯定した。

「八城さんとその女性が結婚の挨拶《あいさつ》に来たのが十六年前で、二人が出会ったのは八城さんが通っていた英会話教室だそうです」

『なるほど。ちなみにこちらも進展がありましたよ』

「えっ、本当ですか!?」

意外と早かった朗報にごっそり削られた生気が幾分か戻り、幸成はおきあがりこぼしのように勢いをつけて上体を起こす。

『魔力の跡を追ってみたら、思ったよりも早く術者らしき人物に辿《たど》り着きました。花満先生のお陰で早々に裏が取れて助かりました。明日《あした》事情を伺いに行こうと思います。先生も一緒に行かれますか？』

「行きます‼」

『では明日の夜の六時に地下鉄北山《きたやま》駅近くのコンビニでお待ちしていますね』

「分かりました」

ようやくこの案件の出口が見えて来て、幸成は電話を切った後にやれやれと息を吐いた。

退勤間際の急患もなく、幸成は余裕を持ってリサに指定されたコンビニに到着した。その軒先に入ってリサを待つ。

幸成にとっては見慣れたチェーン店のコンビニだが、リサがこのコンビニにやってくると思うと不思議な感覚がした。出会って間もないせいもあるのだろうが、リサにはあまり生活感を覚えない。物語の中から抜け出して現代社会にやって来た魔女と言われた方がまだ納得できるな、と幸成は思った。

「花満先生」

耳元で声がした。魚姿のイラが幸成の顔の近くに浮いている。

「おっ、こんばんは、イラ君」

「こんばんは。もうそろそろリサも来ると思いますので少々お待ちくださいね」

ヒラヒラと白く長い尻尾《しっぽ》が闇夜の中に漂っている。

「もうご飯食べた？」

「それがまだなんですよ」

はぁ、とイラがため息をついた。魚ってため息つけるんだ、と幸成は呑気《のんき》に思った。

「俺、なんか買って来ようか？　流石にお腹減っただろ」

彼は虹蛇《にじへび》なので実際の年齢は分からないが、知っている外見が子供のものなのでどうしても世話を焼きたくなってしまう。

「お気遣いありがとうございます。人間の食事も食べられるんですが、使い魔の主食は魔女が育てた草花なんです」

「草と花？　それだけじゃお腹空《す》かないの？」

ドラゴンと言うと幸成は肉食のイメージしかなかった。少なくとも幸成ならサラダだけではやっていけない。

「リサが育てる草花には魔力が宿るので、厳密には草花に宿ったリサの魔力を食べてるんです。魔女や魔法使いは自分の魔力を使い魔に与えることで契約を結ぶんですよ」

「へぇー。絵面はめっちゃオシャレだなぁ。写真映えしそう。俺SNSやってないけど」

「僕もSNSはしていないので良く分からないですねぇ」

幸成の内容の薄いコメントにもイラは律儀に言葉を返す。

「お待たせしました」

コンビニの前で話していたら、頭上から声が降って来た。

反射で見上げれば、箒《ほうき》に乗ったリサが暗闇に浮いていた。病院の屋上の時は幸成以外に人がいなかったが、今は周りにちらほらと人がいる。騒ぎになるかと幸成は一瞬ヒヤリとしたが、リサは軽い靴音を立ててすぐに地面に降りたので、周りの人は特に気づいていなかった。

リサは夜に溶け込むようなミッドナイトネイビーの色無地の着物に白地に赤のラインが入った帯を締めている。長い髪は高い位置で一つにくくって背に垂らしており、まるで馬の尻尾のようだ。

「では、行きましょうか」

幸成の顔を見てにっこり笑った後、リサはコンビニの自動ドアを見据える。幸成とイラを引き連れてコンビニへ足を踏み入れた。

客の入店を知らせる呑気な電子音が響き、リサの足は一切迷うことなく進む。

「失礼」

お菓子の棚の前に膝《ひざ》をついて商品の補充をしていた店員に、リサが話しかけた。空色の制服を着て、チョコレート色の髪を無造作に後ろで一つにくくった店員が振り向く。店員のこちらを見つめる目は鮮やかな緑色だった。胸ポケットの名札には『エバンス』と書かれている。

「アリス・エバンスさんですね？　八城隆司さんのことでお話ししたいことがあるのですが」

店員はぼんやりとした表情で首を傾げてリサを見上げた。彼女はゆっくりと立ち上がり、リサに向き合う。年は高校生くらいに見えるが、ひどく痩《や》せているせいで制服がダボダボで幼い印象を受けた。だが、緑の瞳《ひとみ》が暗く淀《よど》んでいて、子供らしさを感じる事はできない。

「……アリス・エバンスは私ですが、そのヤシロさんとかいう人の事はよく知りません。人違いでは？」

「お母様から聞いていませんか。八城隆司さんはおそらくあなたの父親にあたる方だと思われるのですが」

綺麗《きれい》な笑みを浮かべながら、リサが初《しょ》っ端《ぱな》からとんでもない爆弾をいきなり投下し始める。慌てた幸成は止めに入ろうとしたが、リサににっこりと意味深な笑顔を向けられ、身動きができなかった。圧の掛け方が百戦錬磨の看護師長達にそっくりで、幸成は思わず身震いする。

アリスはぼんやりとした表情でしばらくリサを見つめた後、小さくため息をついた。

「仕事が終わってからでもいいですか？　もう少しで終わるので」

「分かりました。では上のお店でお待ちしておりますね」

約束を取り付けるとリサはあっさり踵《きびす》を返してコンビニの出入り口へと向かった。イラもリサに付いていったので、取り残された幸成はどうするか迷ったが、アリスにじっと見つめられ言外に「邪魔」と言われているような気がして、そそくさとリサの後を追った。

「ちゃんと来ますかね、あの子」

コンビニの上階にあるファミレスのソファー席で、幸成はリサと向き合ってコーヒーを飲む。本音を言えばガッツリ肉でも頼みたいところだが、アリスが来た時に微妙な空気になりそうなのでコーヒーで我慢した。

「多分来ると思いますよ。勤務場所に何度も訪ねて来られるのは嫌でしょうし」

空腹に耐えている幸成とは違い、リサは涼しい顔で紅茶を口に運ぶ。

「そういえばイラ君は？」

ファミレスに入る時、もうすでにイラの姿はなかった。

「アリスの使い魔の所へ向かわせています」

リサの言葉に幸成はギョッとした。

「あの子魔女なんですか!?」

幸成は魔女に会ったのはリサが初めてだ。二十八年間生きて来て先日初めて魔女に会

った と言うのに、間を置かずして人生二人目の魔女の登場である。魔女って意外と身近にいるものなのか？　と身の回りの魔女っぽそうな人を思い浮かべた。

「厳密に言うとあの子は魔女ではありません。ですが、素養はあります。自覚がなくとも使い魔と契約できてしまうほどには。まぁ、普通ならそんな事態は異常ですが、あの子は生い立ちが複雑ですし、強い感情に揺り動かされて魔術が使えてしまったのだと思います」

紗英と由紀子から聞いた話から想像するに、八城に捨てられたアリスの母親は一人で子供を産んで育てた。

異国の地で愛した男に裏切られて、たった一人で子供を産んで育てることがどれだけ大変なことなのか、幸成には想像することしかできない。

「って、保護者の方に連絡しなくて大丈夫ですか俺たち!?　見ず知らずの子供に声かけてファミレスに入るとか不審者そのものじゃ……!?」

幸成は泡を食った。今の日本では怪しまれても仕方ない行動だ。明日《あした》の朝のニュースにすっぱ抜かれるところまで想像した幸成は全身から血の気が引くのを感じた。

「きちんと説明できる道理があるので大丈夫ですよ。何よりお医者様の花満先生がいらっしゃいますし」

リサはにっこりと鉄壁の笑みを浮かべた。

いくら同性のリサがいるとはいえ、見ず知らずの大人二人が子供から話を聞くという構図は怪しすぎる。

患者に関する話を聞きに来ただけなので、何もやましいことはないというのは全くもってその通りだ。だが、リサの言葉からは幸成の「医者」という肩書きをいざという時の盾にすると言われているような気がして不安がよぎる。

明日の朝のニュースに報道されるような事態にだけはなりませんように……と幸成が祈っていると、入店を知らせる電子音が響いた。入り口に目を向けると、私服に着替えて髪を下ろしたアリスが店内を見回している。リサと幸成の姿を見つけると、気怠《けだる》そうにテーブルに向かって歩き出した。グレーのパーカーにジーンズ、そしてグリーンのモッズコートを羽織っている。

幸成が慌ててリサの方へ移動して席を空けると、アリスはぺこりと頭を下げてソファーに座った。店員が水を持ってオーダーを聞きに来たが、メニューも手に取らずオーダーをするそぶりもなかったので、幸成がアリスの分のホットケーキとココアを注文する。

「申し遅れました。私は魔女のリサ・シラハセ・フローレスです。こちらは誠倫病院の医師で八城さんの主治医の花満先生」

「はぁ……」

アリスはどうでも良さそうに力無く相槌《あいづち》を打つ。

態度が悪いという感じではなく、元気がない印象を幸成は受けた。

「お母様から父親のことについては何か聞かされていますか？」

「聞かされてはいませんが、なんとなく察しくらいはつきますよ」

アリスは目の前に置かれた水の入ったグラスをぼんやりと眺めながら、抑揚のない声で答える。

「母は父親に捨てられ、私を一人で産む羽目になった。事情がどうであれ、自分の子供にすら責任が持てないクソ野郎としか私は父親に対して思っていません」

アリスの言葉には何の感情も見えない。言葉自体は父親を憎悪しているのに、感情の全てが抜け落ちている。

「去年の秋に母は病気で亡くなりました。手術するお金を用意できず、私は母が死に行くのをずっと黙って見ていました」

幸成は胃に氷を詰め込まれたように感じた。腹の底が冷たく、重い。

幸成の両親はまだ健在で、元気に暮らしている。

だが、自分よりも年若い彼女が、実の母親の死を看取った。

たった一人の家族を、たった一人で見送ったのだ。

もう何と声を掛けていいのか、幸成には分からない。

「母は自分の家族とも疎遠だったので、一人で子供を育て、体も精神もすり減らして、故郷を遠く離れた異国の地で死にました。父親は母の苦労を何も知らず、今ものうのうと生きている。これって不公平じゃないですか？」

放たれる言葉が、重い雪のように幸成の心の中に積もっていく。おそらく彼女はこれ以上の重荷を背負って今この瞬間まで生きて来たのだろう。

「私を妊娠した母が悪いんですか？　違うでしょう？　親としての責任を全て母に押し付けて逃げた父親が悪い以外の何物でもない」

父親を断罪する言葉には相変わらず何の感情の色もない。淡々と話しているのは、話すことによって何かを変えようという気持ちがないからだ。

彼女は、この世の全てに期待などしていない。

「アリス」

それまで一切口を挟まず、アリスの言葉をじっと聞いていたリサが、ようやく口を開いた。

「あなたは自分に魔女としての素質があることは知っているかしら？」

リサの問いかけにアリスは眉間《みけん》にシワを寄せて首を横に振る。少しだけ見えた人間らしい表情に、幸成は思わずホッとしてしまった。

「あなたには魔女の素質がある。生まれ持った強すぎる力のせいで、あなたは知らず知らずのうちに父親を呪ってしまった。父親はあなたがかけた呪いのせいで、今生死の境を彷徨《さまよ》っている」

アリスは特に拒否反応を示すこともなく、リサの話をじっと聞いている。

「呪いはかけた術者にも等しく返ってくる。このままではあなたも無事ではいられない。呪いを解く一番の近道は呪いをかけた本人が解くことなのだけれど、あなたはどうしたい？」

　穏やかに笑ったリサと、無表情のアリスがしばらく無言で見つめ合う。

「……どうでもいい。でも、どうせ死ぬなら、死んだほうがマシと思うくらい苦しい思いをして死んで欲しい」

　そう言い捨ててアリスは立ち上がった。

　ちょうど店員がホットケーキとココアを持って来たところで、店員は出口に向かうアリスと幸成たちを交互に見て首を傾げている。

　戸惑う店員に幸成が声を掛けてホットケーキとココアを受け取り、向かい側のソファーに移動して最初の時と同じようにリサと向かい合って座った。

「これからどうするつもりですか？」

　頬杖《ほおづえ》をつきながら、幸成はメープルシロップをホットケーキに回しかける。リサは穏やかに笑みを浮かべたまま紅茶のカップを傾けた。

「とりあえずはイラの報告待ちですね」

　ということはまだ他の手も持っているのだろう。

「あの、魔女の呪いって法律的にはどうなってるんですか……？」

　少し切れ味の鈍いナイフでギコギコとホットケーキを切り分けながら、幸成は先ほどから気になっていたことを恐る恐る問いかける。

「もちろん意図的にしたものは罪に問われます。まぁ、立証できればの話ですが」

「腕が良い魔女や魔法使いほど、術の痕跡《こんせき》をうまく消すものです。検察側が被告人と同等、あるいはそれ以上の腕を持つ魔女や魔法使いを引き入れられるかが勝負でしょうね。今回はアリスは、不完全とはいえこのままの状態では逮捕されるのも時間の問題です。

完全に不可抗力なので情状酌量になるとは思いますけど」

子供が罪に問われるというのは遣《や》る瀬無い。

八城をこのままにしておくこともできないが、アリスの気持ちを考えると無理やり協力を頼むことは酷だ。しかし、アリスの為にもやはりこのままにしてはおけない。

「あと、さっき呪いがアリスさんにも返ってくるって仰《おっしゃ》ってましたけど、あれってどういうことなんですか？」

「ああ、他者を呪い殺すことができるくらい強力な呪いですから、おそらく反動が返って来たらあの子は死にますよ」

表情を変えずに淡々と説明するリサに、幸成はぎょっとした。

その表情に気付いたリサは、カップをソーサーに戻してもう一度ゆっくりと口を開く。

「人を呪わば穴二つ、と言うでしょう。何をするにも、対価というのは必要ですもの。それに見合う、対価が」

食べ物と温かい飲み物をとっているのに、胃の底が冷たい。

絶句してリサの顔をぼんやりと見つめる。

「というと？」

「時間はあまり残されていませんよ、花満先生」

医者に余命を宣告される時の患者の気持ちとは、こういうものなのだろうかと幸成は思った。

何を選択することが誰にとっての正解となるのか。今の幸成はすぐに答えを出せそうになかった。


幸成は八城の他にも患者を抱えており、仕事も毎日膨大に舞い込んでくる。

アリスに会ってから二日経った昼過ぎ、ようやく時間が取れたので地下鉄に乗ってアリスの働いているコンビニへと向かった。

地下鉄に揺られながらふと、やましいことは何もないにしても、成人男性が未成年の女の子に会いに行く絵面はあまり良くないのではないか……？　と思いもしたが、やはり心配なので気付かれないように様子だけそっと見て帰ろうと決めた。

ドキドキしながらアリスが働いているコンビニを覗《のぞ》いてみたが、アリスの姿は見えなかった。

よく考えるとアリスの働く時間も知らない。ただただ遠くまで散歩にやって来ただけの間抜けだったと気付き、幸成は自分の詰めの甘さにため息を吐いた。

すぐに帰っても良かったのだが、何か手がかりを得たくてコンビニの周囲を歩いてみることにした。

北山通りの北側には飲食店や雑貨店が並び、南側には京都府立植物園がある。植物園の緑が豊かで、それに似合うような落ち着いたデザインの建物が多い。

通りの北側を歩いていた幸成は、適当なところで右折した。大きな通りから外れると、だんだん一般の住宅が多くなってくる。

住宅街をしばらく歩いていると、小さな公園があった。

幸成は歩きながらボールや遊具で遊ぶ子供をぼんやりと眺める。すると、公園の端の草むらをかき分けて何か探している人がいることに気付いた。その背格好がアリスに似ている様な気がして、幸成はその人に向かって歩き出した。

「大丈夫ですか？」

気になって近くまで行き、背中に向かって声を掛けると、草むらをかき分けていた人が後ろを振り返る。

その人物はやはりアリスで、思わぬ偶然に幸成は目を丸くした。

「このあいだの……」

幸成の顔を見たアリスは眉間にシワを寄せる。

「誠倫病院の花満です」

もう一度自己紹介をすると、アリスはああ、と力なく頷《うなず》きながらゆっくりと立ち上がる。

「いや、偶然ここを通りかかったら、アリスさんっぽい人がいたから……何か探し物？」

「何か用ですか」

幸成の問いに、アリスはうつむいて黙りこんだ。

沈黙の間、子供達のはしゃぐ声だけが響き、付き添いの親達がこちらの妙な空気を察し始めたのか、チラチラと幸成とアリスに視線を向けてくる。

「……猫を」

そろそろ通報されまいかと幸成が焦り始めた時、ぼそりとアリスが口を開いた。

「猫？」

幸成が問い返すと、うつむいたままアリスがゆっくりと話し始めた。

「野良猫に、餌をあげてて。いつもこの公園にいるのに、もう何日も見かけてなくて……」

だから草むらを探していたのか、と幸成は納得した。

「俺も一緒に探すよ」

幸成の申し出に、アリスは少し眉《まゆ》を顰《ひそ》める。猫が見つからずに困っているが、ほぼ見知らぬ男に頼ることへの警戒心が拭《ぬぐ》えないのだろう。

それこそ警戒心が強くて人に懐かない野良猫の様な姿に、幸成は苦笑を浮かべた。

「じゃあ、俺は公園の近くを探してくるね」

あまり近くでいるのもストレスだろうし、離れた所での捜索を幸成が提案すると、アリスも俯《うつむ》いて小さく頷く。

アリスが探しているのは金目の黒猫だそうだ。

公園近くの家の生垣の下や、塀と塀の間、駐車されている車の下など思いつく限り探してみたが、猫の影すら見当たらない。大の男がキョロキョロしながら住宅街を歩いているとやはり不審に見える様で、通りすがりの人に思いっきり変な目で見られた。

知人の猫を探していて、と言うとほとんどの人が心配していろいろな情報を教えてくれたが、残念ながらどれも空振りだった。

日が暮れてきたので、一度公園に戻ることにした。猫を探す為にしゃがむことが多く、慣れない姿勢で痛む腰を拳《こぶし》で軽く叩《たた》きながら公園へ向かう。

公園で遊んでいた子供達は帰った後の様で、その隅でアリスが一人で立ち尽くしていた。

「アリスさん？」

そっと後ろから声を掛けると、アリスは小さく肩を跳ねさせてそろそろと振り返った。

「ごめん、猫見つからなかった……」

「いえ……ありがとうございました」

幸成が謝ると、アリスはゆっくりと深く頭を下げ、そのままその場に膝《ひざ》を抱えてうずくまった。

「大丈夫？」

驚いて幸成も一緒にしゃがみこんで様子を窺《うかが》うと、腕に顔を埋めてアリスがか細い声でポツポツと話し始めた。

「私、あの子に、なんで私ばっかり、って。母さんを捨てた父が今もどこかでのうのうと生きてるのが許せない、私と同じ目にあえばいいのに、って言っちゃった……」

絞り出す様なアリスの言葉に、幸成は息を呑《の》んだ。

「その話をした後、あの子は、姿を見せなくなった。魔女と、先生の話を聞いて、もし、あの子が私の願いを聞き届けて父を呪ったのなら、あの子は……」

呪いは呪った者に返る。陰陽道《おんみょうどう》だろうが魔術だろうが、その代償が生じることは変わらない。

強力な呪いほど跳ね返る力も強く、腕のいい術者ほどそれを防ぐのもうまい。

だが、自分の実力以上の呪いをかけた場合、跳ね返った呪いに殺される。

この場合はどちらが呪いをかけたことになるのだろうかと幸成が考え込んでいると、アリスが両手で口元を覆う。

「え……？」

アリスの戸惑った声に考え込んでいた幸成が顔を上げた。

両手と袖口《そでぐち》が大量の鮮血に染まっていた。呆然《ぼうぜん》とそれを見ていたアリスだったが、次の瞬間に咳き込んで大量の血を吐き出しながらその場に倒れこむ。

「アリスさん!?」

幸成は血で窒息しない様にアリスの体を横向きにしながら、ポケットに入れていたスマホを取り出して119番に電話を掛けた。

救急車で近所の病院に運び込まれ、アリスはなんとか一命を取り留めた。処置を担当してくれた医師の説明によると、食道からの出血だったそうだ。

止血もできたのでこれから快方に向かうだろう、と説明されたが、おそらく数時間経てば八城の様に別の場所から出血する。

手をこまねいている間に事態は悪化してしまった。もう、猶予はない。このままでは八城もアリスも死んでしまう。

幸成はベッドの横の簡素な椅子に座り、眠っているアリスの顔を静かに見つめて考え込んでいた。

どうすれば、彼女の命を、心を救えるのか。

幸成は人を呪いたい、殺したいと思ったことはない。だから、アリスの気持ちを理解することはできない。

幸成にとっては生きることこそ幸せだ。だが、そうでない人も確かにいる。果たして、自分のエゴを彼女に押し付けてしまっていいのか。

答えのない問いを繰り返し続けていると、アリスの瞼《まぶた》が震えた。

「アリスさん、気分はどうですか？」

「………………ここは？」

幸成の問いかけには答えず、アリスは目だけを動かして周りを観察する。

「病院だよ。うちの病院じゃないけど」

「そう」

答えを聞くと、アリスはふぅ、と小さく息をついた。

「私はいつ死ぬんですか？」

恐れも、悲しみもない声音で、アリスは静かに幸成に問いかけた。

「……このままならそう長くはないと、思う」

誤魔化すかどうか迷ったが、幸成はありのままの事実を伝えた。おそらく誤魔化しても彼女は気付くと思ったから。

幸成とて下っ端とはいえ医師だ。多少の腹芸はこなせるつもりでいる。でも、そんなものこの娘は容易《たやす》く見透かすと思ったから、最初から正直に伝えた。

「父親を恨む気持ちも分かる。でも、自分が死んだら意味がないと思うんだが……」

悩みに悩んで口にした言葉は、幸成の想像以上に安っぽいものになってしまった。

アリスには全く響いておらず、感情の読めない瞳《ひとみ》でずっと幸成を見つめている。

数秒の沈黙の後、はあ、とアリスが息を吐き出した。

「私より恵まれているあなたに、私の何が分かるんですか」

相変わらず温度の感じられない声音で、淡々と話すアリス。幸成は黙って彼女の言葉にひたすら耳を傾ける。

「こんなこと間違ってるって、自分でも分かってますよ。でも、正しいことをしたって無駄だって知ってしまった。苦しい時、誰も助けてくれないって、知ってしまった。だから、たとえ自分が死んでも、私や母を不幸にしたあの男に、不幸のほんの端きれでも思い知らせてやりたい。私には、もうそれくらいしか自分で選べる道がないんです。なんでも選べるあなたとは違う」

幸成は喉《のど》の奥に何かがつっかえた様に感じた。何を話しても、目の前の彼女には届かない。何かを話さなくてはならないのに、どんな言葉を選べばいいのか全く見当がつかなかった。

空気が足りない金魚の様に、口を開いては閉じて、を何度も繰り返す。

話しても、話さなくても、何も変わらないのかもしれない。

それなら、足掻《あが》いてみた方が後悔は多少減る気がした。

「……生まれた環境も、親も、変えることはできない。でも、過去は変えられないけれど、未来だけは変えられる可能性がある。生きてても幸せになる保証なんてどこにもない。でも、死んだら、可能性はゼロだ。そこにあるのは死だけだ。生きてたら、どれだけ可能性が低くても、ゼロにはならない」

幸成の言葉に、アリスは力なく悲しそうに笑った。

「先生みたいに、未来を信じられる人間ならよかったのに」

幸成には見えている未来の可能性が、アリスには見えていない。

何かを信じられるのは、それが報われると知っている人だけだ。報われたことが少ないアリスが、未来の可能性を信じることができないのは無理もない。

同じ医師でも経験を重ねた医師なら、女性の医師なら、幸成以外の誰かなら、彼女を救えたのかもしれない。幸成は頭の中でいくつもの「もしも」を重ねる。

「面白い話をしていますね」

部屋の重苦しい空気を切り裂く様に、ガラッと病室の扉を開ける音がした。ノックもなかったので、幸成は驚いて後ろを振り返る。

魚姿のイラを伴ったリサが、病室の入り口で笑みを浮かべて立っていた。アリスが処置を受けている間に、幸成がリサに連絡を入れて病院に来てもらったのだが、登場が突然すぎて呼んだ当人が一番驚いている。

突然のリサの登場にはさすがのアリスも驚いたようで、ほんのすこし目を丸くさせている。

リサがアリスの枕元に向かって歩いてくるので、幸成は立ち上がって場所を譲った。

アリスの枕元に立ったリサは、にっこりと笑ってアリスを見つめる。

「花満先生のおっしゃる通り、過去と違って未来は変えられるわ。他の誰でもない、あなたの手によって。たとえどれだけ可能性が低くても、未来を変えられない証明をすることの方がよっぽど難しい」

幸成はまさか先ほどのやり取りを聞かれていたとは夢にも思わず、ぎょっとした。そんな幸成の反応は綺麗《きれい》にスルーして、リサはそのまま話す。

「さて、まずあなたに確認したいことがあるの」

父親について聞かれると思ったのか、アリスが眉《まゆ》を顰《ひそ》めたが、リサはそれを気にする事なく話を進める。

「あなた、勤め先のコンビニの近くで猫に餌をあげていたでしょう」

それまであまり動きのなかったアリスの表情が、初めて大きく動いた。

「なんでそれを……」

アリスは幸成の方を見るが、幸成はぶんぶんと首を横に振る。病院に搬送されたことは伝えたが、猫の件は伝えていなかった。

戸惑う二人の空気を察したリサが、にっこりと笑って種明かしをする。

「うちの使い魔にあなたの呪力《じゅりょく》を辿《たど》らせたのよ。魔女は使い魔と契約をして魔法を使うから……残念だけど、猫は住宅街の隅で息を引き取っていたわ」

父親の話を聞いた時も、母親の話をしていた時も、あまり揺らがなかったアリスの表情が大きく揺らいだ。

「あなたから餌をもらっていたから、仮とはいえ主従関係が成立してしまった。でも、あなたは魔法をきちんと扱えない。猫は主《あるじ》に恩義を返したい一心で、八城隆司に呪いをかけた。自分の命と引き換えに。あの猫は、あなたの幸せを心から願っていたのよ」

アリスの瞳からぼろりと大粒の涙がこぼれた。涙は止まる事なく、次から次へ溢《あふ》れ、頬を伝ってシーツに染みていく。

リサは胸元からハンカチを取り出して、優しい手つきでアリスの涙を拭《ふ》いた。

「私からあなたの未来に二つの提案があるの」

リサが左手の人差し指と中指を立てる。

「一つめは、このまま父親を呪ったまま死ぬ」

幸成は自分の口元が引きつるのが分かった。

リサの思考が全く理解できなかったが、何を言おうとしたところで無言の笑顔で牽制《けんせい》されると思い、幸成は一生懸命口をつぐむ。

「あなたの憎しみや悲しみを本当の意味で理解できる人間はこの世にいない。たとえ他人に愚かだと言われようとも、自分の感情をどうやって始末するかは他の誰でもないあなた自身が決める事よ」

どうすればアリスの心が救われて八城を救えるのか、幸成には全く見当がつかなかった。答えを出せなかった結果がこれなのだろうかと絶望が幸成の心を覆いそうになる。

だが、この人にならと思ってリサに託したのは他の誰でもない幸成だ。口を出したくなるのをぐっとこらえて、状況を見守る。

「二つめは、父親への呪いを解いて私の弟子になり、魔女になる」

リサの二つめの提案を聞き、幸成は一生懸命つぐんでいた口をぱかっと開けた。そんな選択肢、全く想像していなかった。アリスも目を見開いてリサを見つめている。

「そうね、まずは三年間、英国にある私の母校で基礎を身につけてもらう。学費や滞在費はもちろん私が払うから安心なさい」

子供を育てるには金が掛かる。しかも海外で、となれば桁《けた》が違ってくるだろう。確かにリサは金銭的に余裕がありそうだが、出会って間もないアリスに大金を掛けるとは、一体なにを考えているのだと幸成は思った。

「は……？　なにそれ、恵まれない子供に手を差し伸べる自分優しいってやつ？」

やはりアリスも怪しいと思っているらしく、眉間《みけん》にシワを寄せてリサを見上げている。

「あら、私ってそんなに優しい女に見えるのかしら？」

リサにニコニコと笑いながら質問を返され、アリスは目に見えて答えに詰まった。

「残念ながら私は優しい女じゃないわ。才能はお金で買うことはできない。育てるしかないのよ。将来有望な魔女を育てることで、私は困ったときにあなたを頼れるし、あなたはそれでお金を得ることができる。つまりは未来への投資ね。あなたにとっても悪い話ではないと思うのだけれど」

本当の金持ちは貯めるだけでなく、金を動かして更なる利を得ると聞く。人を、時流を見極めて、使うべき時に金を使うことができる人間の所へと、金は集まる。

リサの目には、アリスの未来が見通せているのかもしれない。

「それにね、見ていられないの。人を呪うなら賢く呪いなさい。自分の命を懸けるなんてバカバカしい。あの男だけ地獄に落ちればよろしい」

うっすらと笑みを浮かべたまま、リサがスッパリと言い切る。幸成は先ほどとは違う意味で口元が引きつるのが分かった。

リサの本命は後者だろう。だが、大丈夫かと幸成はヒヤヒヤしてしまう。表面上は何もないよう、全てお見通しだと言わんばかりの顔をしているが、先が全く読めなくて内心冷や汗を大量に流しながらこの状況を見守っている。

「どちらにしても苦しみは伴うでしょう。どちらの道を、苦しみ方を選ぶかは、あなた自身が決めなさい」

そう言って、リサはにっこりと笑って踵《きびす》を返した。

幸成とアリスはぽかんとリサの後ろ姿を見送る。

「……先生」

リサが去って数分、このなんとも言えない空気をどうするかと幸成が考えていると、アリスが口を開いた。

「私、魔女になります」

「えっ」

もっと悩んだり、困惑したりするかと思っていたが、アリスがあっさりと答えを出したので幸成は驚きで声を上げた。

「だって、このまま死んでも、魔女にならなくても、結末は一緒でしょう？　それなら、一度でいいから賭《か》けてみたい」

いや、呪いを解いて普通に暮らす選択肢もある筈《はず》だが……と幸成は思ったが、このままでは今の生活を続けるだけになる。それなら、魔女になって知識を身につけた方がアリスは今よりマシな生活ができるだろう。魔女の世界で生きることも楽な道ではないと思われるが、知識と技術を身につけたアリスなら、生きていける。

それになにより、はじめて目の前に開かれた道に、アリスの目が輝いていた。

「じゃあ早く元気になって、いい魔女にならなくちゃな」

予想外の着地だったが、収まるべきところに収まったように感じ、幸成は久しぶりにほっとした。


アリスは八城に掛かった呪いを解き、リサと契約して魔女になった。

亡くなった黒猫を迎えに行き、遺体を弔うことで呪いを解き、猫の墓は花に囲まれたフローレス邸の庭に作られた。

アリスは病院に搬送されてから二日後に退院し、八城はアリスが退院した日に意識を取り戻した。

その翌日、リサは病院にやって来て八城親子に今回の経緯を説明したのだが、

「アリスさんのこと、八城さん達に言わなくてよかったんですか」

八城の病室から帰ってくる道すがら、幸成は箒《ほうき》を持って隣を歩くリサに問いかけた。

説明はリサがすると言うので、幸成は同席しただけである。どう言う風に伝えるのかとリサの横で聞いていたのだが、アリスの存在は伏せて猫の呪いを受けてしまったのだと説明した。

幸成はいつアリスの事を話すのかとそわそわしていたのだが、ついにアリスの話は出ることなく終わってしまった。

「あの人たちにアリスの存在を話せば、おそらく彼女から全てを奪おうとしますよ。あなたの為だからと悪意なく、ね」

目を少し細めたリサがうっすらと笑い、幸成は背筋が凍る思いがした。

「アリスは彼らのことを知っているのですから、彼女の意思で会いに行く決断はできるでしょう。その時にはアリスも自分の身を守る力も知恵も持っている筈です。それに、私はわざわざ彼女の存在を八城さん達に言わなかっただけで、なに一つ責められる様なことはないと思うのですが？」

「おっしゃる通りです……」

決して強い声音で言われている訳ではないのだが、母親の理詰めのおこごとの様に言われ、幸成は大きな体を小さく丸めてひたすら頭を下げた。

「あの、」

背を丸めてとぼとぼ歩いていた幸成が、おずおずと手を挙げてリサに発言の許可を求める。リサは笑みを浮かべたまま手のひらを幸成に向け、言葉を促した。

「もう一つ、リサさんにお願いしたい仕事がありまして」

仕事の内容の見当がつかないのか、リサは笑みを浮かべたままこてん、と首を傾げた。

「俺にリサさんを紹介してくれた人がいるんですけど、魔女の存在を他人に話すと、話した人が呪われるんですよね？　その呪いを解いて欲しくて……あっ、もちろん依頼料は俺が払うんで！」

依頼内容を聞いたリサは一瞬、きょとんとした表情を浮かべる。

「それは構いませんが、ご本人ではなく、花満先生が依頼料を支払われるんですか？」

「リサさんのことを教えてもらって、八城さんやアリスさんの事も助けて頂いたので、それくらいはしたくて」

「それなら八城さんかアリスに請求するのが筋でしょう」

決して責めるような強い口調ではないが、子供の他愛ない悪戯《いたずら》をたしなめる様な響きがあった。

幸成は首の後ろを手で撫《な》でながら口を開く。

「結果は八城さんやアリスさんを助けたことになりましたが、彼女は俺が困っているのを見て、助けてくれました。俺も助けてもらったから、少しでもその気持ちにお返しがしたくて」

幸成の言葉に、リサは目を丸くする。

変なことを言ってしまっただろうかと幸成が首を傾げていると、やがてリサは苦笑を浮かべた。

「分かりました」

リサが頷《うなず》いてくれて、幸成はホッと胸をなでおろす。

「藤田さん」

リサを連れて春子の病室を訪れる。ベッドに座って本を読んでいた春子に声をかけると、顔を上げた春子はこれでもかと目を丸く見開いた。

「あら、あらあらあら……！」

驚いた表情からみるみる笑顔になって行く春子。

「はじめまして、藤田春子様。この度は花満先生をご紹介頂き、誠にありがとうございました。祖母のシャロン・フローレスの名代をしております、リサ・シラハセ・フローレスと申します」

「はじめまして！　お祖母様《ばあ》そっくりどすなぁ！　タイムスリップしたかと思ったわ！」

「ありがとうございます」

春子はリサの両手を握って、嬉《うれ》しそうにブンブン上下に振っている。

一方幸成はぽかんと口を開けて二人のやりとりを見つめていた。

「えっ、おばあ、さま……？」

はしゃいでいた二人が手を繋《つな》いだまま幸成の方を向く。

「お祖母様は金髪やったけど、ほんまよう似てはるんよ」

「親戚《しんせき》には祖母が黒染めした、とよくからかわれます」

「もしそう言われても信じてしまいそうやわ」

あはは、うふふと女性二人が楽しそうに笑っている中、幸成は自分の勘違いにようやく気付いて頭を抱えていた。

「先生、どないしはったん。頭痛いん？」

幸成の様子に気付いた春子がベッドの上から心配そうに声を掛ける。

「いや、あの、今まで大きな勘違いをしていまして、その衝撃を受けている所でして……」

「勘違い？　何を勘違いしてたん？」

「その、藤田さんが五十年前お世話になったのがリサさん本人だと思い込んでて、まさかリサさんのお祖母様のことだとは……」

適当に誤魔化せばいいものを、幸成は衝撃のあまりそのまま話してしまう。

二人は最初幸成の言っている意味が分からないのか、ぽかんとした表情を浮かべていた。やがてその意味を理解した二人は声を上げて笑う。

「いや、どういう勘違いしたらお祖母様とお孫さんを間違えるん⁉」

「お祖母様のお名前を聞いてなかったですし、魔女だからこう、不老不死的な感じでずっとお若いままなのかと……」

「不老不死の方法が分かるなら私の方が知りたいですねぇ」

「先生は天然さんなんやね」

二人は笑いながらぽんぽんとリズムよくツッコミを入れて行く。

「髪も金髪とお聞きしたと思っていたんですが、黒髪だったんですごく綺麗《きれい》に染められているなぁと思って……」

幸成の追撃に女性陣はヒィー！　と再び笑い声を上げた。春子は怪我人だというのにベッドの上で体を折ってバンバンと布団を叩《たた》き、リサはその場にうずくまって肩を震わせている。

息も絶え絶えになるほど笑って満足したらしいリサが、ゆっくりと立ち上がって幸成を見上げる。笑いすぎたせいでうっすら目尻《めじり》に涙が浮かんでおり、それを自然な仕草で拭《ぬぐ》うのを幸成はなんとも言えない気持ちで見つめた。

「ええと、自分から年齢を言うのはなんですが、今年で二十八になります。先生と同じ年頃かと思いますが」

「はい……俺も今年で二十八になります……」

「いや、同級生やん」

春子の言葉に幸成は更にいたたまれない気持ちに拍車がかかった。

同い年の女性の年齢をかなり上に勘違いしていたこともだが、能力の差を見せられ、まぁ、年上だしな……で片付けていたことが全くの無意味と化した。自分との能力差をまざまざと見せつけられて、落ち込むしかなかった。

だがしかし、女性の年齢を大幅に上に見積もって爆笑で済まされたのだから、良しとすべきであろう、と幸成は無理やり思い込むこととした。

「さて、前置きはこのくらいにしておきましょうか」

リサは息を整えて春子に向き直る。

「今日は花満先生からの依頼を受けて、こちらにお邪魔しました」

春子はきょとんとした表情を浮かべ、リサを見上げた。

「私の祖母が藤田さんに掛けた呪いを解きに」

魔女のことを他者に話したら呪いが掛かる。春子は構わないと笑っていたが、幸成はそのことが気がかりで仕方なかった。だから、リサに依頼をすることに決めたのだ。

「呪い、と言いましたが、厳密に言うとあなたに呪いはかかっておりません」

矛盾するリサの言葉に、幸成と春子は一緒に首を傾げる。

「祖母は魔力ではなく言葉であなたに呪いをかけたのです。現にあなたは魔女の存在を不用意に人に話すことはなかった。半端な気持ちで変な依頼をしてくる人もいます。それをできるだけ避ける為に祖母が取った策なんです。ですが、あなたのような人を苦しめることは本意ではありません」

リサは着物の袂《たもと》に手を入れた。取り出したのは真っ白な一輪のカーネーションだった。日の光の加減なのか、花がほのかに光っている様に見える。

手品の様に出てきたカーネーションに春子の目は釘付《くぎづ》けだ。

「すごいなぁ……！　いやっ！　しかもこれ本物のお花や先生！　偽物のやつやなくて！」

カーネーションを受け取った春子は、しげしげと花を眺めて検分する。チラチラとリサの着物の袂もさりげなく見て、どうやってそこから花を取り出したのか知りたくてうずうずしている様だ。

「この花は私の魔力を注いで育てたものです。そして、持ち主を災いから守る様魔術をかけました。この花は私が死ぬまで枯れることなく、あなたの守りとなります」

リサの説明に春子は目を丸くさせて、カーネーションとリサの顔を交互に見る。

「そんなすごいもん、うちがもろてもかまへんの？」

「あなただから受け取って欲しいのです」

リサがにっこりと笑って頷いた。

「ほなありがたくいただきます。ほんま、おおきに」

春子はカーネーションを胸に抱き、ベッドに座ったまま深く頭を下げた。

春子の病室を後にし、幸成はリサを見送る為屋上にやってきた。

もう冬の名残は薄く、肌を撫《な》でる風は春の陽気をはらんでいる。先を歩くリサの着物の袖が蝶々《ちょうちょう》の羽の様にひらひらと揺れているのを、幸成はぼんやりと見つめていた。

その蝶々の羽が、くるりと翻ってリサが幸成と向き合う。

「あの、お時間がある時でいいんですけど」

「はい」

一体何を吹っ掛けられるのか、幸成は無意識に身構えた。

リサは幸成を見上げてゆっくりと口を開く。

「先生に私の仕事を手伝っていただきたいんです」

予想外の提案に、幸成は目を丸くさせた。

「別に構いませんが……なんで俺なんですか？　アリスさんもいるし、俺よりも魔女や魔法に詳しい人はいるでしょう」

どう答えるのが正解なのか分からない幸成は、困ったように首を傾げる。

するとリサはふわりと花が綻《ほころ》ぶように笑った。

「花満先生より魔女や魔法に詳しい人はたくさんいますが、花満先生より善《い》い人はいませんもの」

リサにそんな風に言ってもらえる心当たりが全くなく、幸成は最近の自分の言動を思い出そうとしてみたが残念ながらあまり思い当たるものはなかった。

だが、どこかくすぐったくて嬉《うれ》しい気持ちになる。

「それにお手伝いしていただく分、依頼料の分割返済は無利子で大丈夫ですので」

どこか夢見心地だった気分は無利子という言葉で現実に戻された。

利子付きだったのか……と幸成は自分の甘さを思い知る。

しかし、無利子なのはありがたいよな、と呑気《のんき》に思った幸成であった。

第二話

魔女の宴

京都は春の盛りを過ぎ、新緑の季節を迎えようとしていた。市内の桜はほとんど散り、代わりに若葉がひょっこりと顔を覗《のぞ》かせ始めている。

幸成はというと本業の医師としての職務をこなしながら、隙間でリサの仕事の手伝いをする毎日を送っていた。

「いや、仕事自体は力仕事とかおつかいだったり、依頼人に会いに行く時について行ったりとかなんですけど、他の先生から原因不明の案件の相談を持ち込まれることが多くて……」

「この間も休憩中に他の科の先生が相談に来てはったねぇ」

カンファレンス室でカルテを入力しながら、幸成は患者の状態を報告しに来てくれた相原に愚痴を聞いてもらっていた。

「せっかくの昼休憩にご飯は食いっぱぐれるし、リサさんを紹介しましょうかと言えば、それはちょっと……と断られるし」

珍しい話題の為、他の科の先生方にもネタの一つとして話した者もいるだろう。そして困った案件に出くわした時、そういえばと思い出されるのが幸成の存在だ。

だが、困ったことはあるが、魔女とお近づきになるのは怖いらしい。言外に幸成にどうにかして欲しいと訴えてくるが、魔女の手伝いをしているだけで魔術を扱う事はできないので、幸成には残念ながらどうにもできない。

間を取り持ってもいいが、リサと先輩医師の板挟みになるのはごめんだった。自分で行く意思のある者には紹介するつもりだったのだが、今の所皆話を聞いただけで帰って行く。

「この間は脳外科の部長までやって来て、大変でしたよ」

「あらあらお疲れ様」

休憩中だけでなく業務中でもひっきりなしに訪ねて来られて、ただでさえ多い業務をこなす時間を削られる。

なので最近はなるべく気配を消し、休憩は人目のないところでひっそりと過ごす様にしている。だが、いくら気配を消したところで高すぎる背のせいですぐに見つかってしまうが。

せめて予約制とかにしてくれないかな……などと幸成が思っていたら、私用のスマホがズボンのポケットで短く震えた。

メッセージはリサからで、明日《あした》の昼に来て欲しいという内容だった。

魔女の仕事の手伝いと言っても電球を替えて欲しいとか、新しい家具を組み立てて欲しいとか、自分の家族から頼まれる内容と似たようなものなので別に構わないのだが、時間は容赦無く削られて行く。

贅沢《ぜいたく》なことは言わないから、心ゆくまで一日寝たい、と幸成は思った。

最初に八瀬へ来た時は雪も降っていて慣れない山道なので大層緊張したものだが、今となっては山道の運転も慣れたものとなってしまった。

門柱のインターフォンを押すと、『はい』と低い女性の声が返事をする。アリスだ。

「花満です」

『すぐそちらへ行きます』

応対は少々ぶっきらぼうだが、アルバイトの経験もあるためしっかりしている。

しばらくして門の向こう側から足音が近づいて来た。

「お疲れ様です、花満先生」

「アリスさんもお疲れ様」

門を開けてくれたアリスは真顔でぺこりと頭を下げる。

純和風な庭の背景に対して、アリスはラフなTシャツとジーンズという姿。夏休みに田舎の祖父母の所に遊びに来た孫感がすごい。

以前に比べてアリスの顔色がよくなっており、幸成はほっとした。

アリスは食が細く、そもそも食べ物に対する関心が薄い様で、教育係のイラが食べさせるのに苦労しているらしい。

九月から英国に留学する予定の彼女は、あの事件の後フローレス邸で居候をしながら留学に備えての勉強や、リサの手伝いをしているそうだ。

英語の勉強もしているそうだが、母親が英国人というのもあってそちらはあまり苦労しなそうだとイラから聞いた。

「イラ君は？」

「お師匠様と出かけられました。すぐ戻られると思いますので少々お待ちいただけますか」

複雑な造りの屋敷だが、アリスはしっかりとした足取りで屋敷の中を進んで行く。

通されたのはいつもの応接室だ。部屋には座布団が二枚敷かれており、幸成の来訪の為に用意してくれたものなのだろう。

庭の木々の緑が広縁の磨き抜かれた床板に映り込んでいて、とても爽《さわ》やかだ。

今日は上着がなくても過ごせる陽気で、木陰でちょうど過ごしやすいくらいである。

風も春らしいあたたかさをはらんでいて、部屋の中に吹き込んでくると気持ち良かった。

暖房も冷房も必要としない、ちょうどいい気温と気候というのは最近稀《まれ》である。春の変わりやすい天気に翻弄されてばかりの幸成は、こんなところで思う存分寝てみたいと思った。

学生の時はクーラーでキンキンに冷えた部屋でアイスを食べることが至福の時間だったが、歳を重ねてからはクーラーをかけっぱなしにしていると体が怠《だる》くなるので、昔ほどつけなくなった。近年の殺人的な暑さのせいでクーラーは必須《ひっす》となっているが、つけなくて済むならそれに越したことはない。

「あ、これお土産ね」

「いつもありがとうございます」

幸成が差し出した紙袋を、アリスは表情を動かすことなく受け取る。

「ここでの暮らしはどう？」

下座の座布団に座りながら問いかけると、アリスは幸成の手土産が入った紙袋を自分の横に置き、部屋の入り口近くで正座をする。

「今までの生活とは全く違うので、正直言うと疲れます」

相変わらず表情を動かさず、アリスは淡々と言葉をつむぐ。あまりにも正直な言葉に、幸成は思わず笑ってしまった。

「でも、これから生きる為に必要なことなので苦ではありません」

出会った時のアリスの印象は、境遇こそ普通ではなかったが、少し気怠げな今時の子供だった。

その時から外見が大きく変わったわけではないが、少しずつ彼女は変わって行った。リサとイラに勉強や行儀作法を教わり、だんだんと立ち居振る舞いや言葉遣いが洗練されていっている。前まで少し丸かった猫背は、今ではまっすぐ伸びており、それだけで印象は大分変わった。

何かを学ぶということは自分の武器を増やすということ。知識は誰にも奪うことはできない、最上の財産だからだ。

今までそれを得る機会がなかったアリスは、その大切さを身を以《もっ》て知っている。だから、与えられる全てを余すことなく吸収しようとし、飛躍的な成長を遂げているのだ。

「そっか」

アリスの目は子供らしいキラキラした目ではないが、以前の水の流れが滞って淀《よど》んだ様な目でもない。静かな、凪《な》いだ水面《みなも》の様な目だ。

「では、お茶の用意をしてきます」

ぺこりと軽く頭を下げてアリスが下がる。

部屋にあるのは床の間の掛け軸と生け花くらいだ。風流なことはからっきしな幸成にはあまり時間をかけて楽しめるものではない。ぼんやりと開け放たれた窓から見える庭を見つめる。

四月の爽やかで力強い日の光に照らされた庭。鮮やかな新緑が疲労の溜《た》まった目に眩《まぶ》しかった。

眩しさに目を細めていると、段々と瞼《まぶた》が重くなってくる。街の喧騒《けんそう》から遠く離れたこの地では、風に木々が揺れる音しか聞こえない。幸成は重くなる瞼に逆らえず、静かに目を閉じた。

カラン、という涼しげな音が聞こえて、幸成の意識は浮上した。

ぼんやりとした視界に映るのは鮮やかな緑と、人影。段々と視界が鮮明になり、人影はリサだと分かった。

白と空色の矢絣《やがすり》の着物に瑠璃《るり》色の帯を締め、首元からは洋装用の白いレースの襟をのぞかせて脇息《きょうそく》にもたれかかり、本をめくっている。

カラン、ともう一度音が鳴る。何かと思えば、リサの前に置かれたグラスの氷が動いた音だった。その横には幸成が買ってきた栗の水羊羹《みずようかん》がガラスの皿にちょこんと載っている。

問題は幸成の視界にはリサやグラス、水羊羹が横に見えていることである。

状況が分からず、幸成がそのままぼんやりしているとリサと目があった。

「おはようございます、花満先生」

いつも通りの完璧《かんぺき》な笑顔を向けられる。

「お、はよ、うござい……ます⁉」

反射で挨拶《あいさつ》を返そうとして、幸成は飛び起きた。その反動で体の上からは薄手のタオルケットがずり落ちる。

「すすすすみません……！」

慌てて居住まいを正し、正座する幸成。リサは読んでいた本を横に置いて幸成の方へ向き直った。

「ただでさえお忙しいお仕事をこなしている上にうちのことまで手伝ってもらっているのですもの。疲れが溜まるのも当たり前ですよ。ゆっくり休んでいただけたのなら何よりです」

人の家にお邪魔して昼寝をかますなど恥ずかしすぎる。幸成は両手で顔を覆ってその場にうずくまった。

「先生起きたんですね」

お茶のおかわりを持ってきたらしいアリスがつぶやいた。特に何の感情もなくただただ見たことを言葉にしただけの様だが、幸成はうっ、と見えない何かが刺さった気がした。

「タオルケットはアリスがかけてくれていましたよ」

くすくすと笑いながらリサが教えてくれた。

「ありがとう……」

「いえ。先生の分のお茶の用意してきます」

相変わらず表情の出ない顔で淡々と言われたが、居たたまれなさはあまり消えない。

「さて、今日先生をお呼びしたのは買い物に同行して欲しいからなんです」

大きな体を小さくしていると、リサが口を開いた。

今まで何度かリサの買い物に同行したことがあるが、ホームセンターへ園芸用品を買いに行ったり、大型家具店に棚を買いに行ったりなど、イラやアリスでは少し大変そうだなと思うものだった。

今回も荷物持ちか力仕事要員だろうかとのんびり考えていると、音もなく横からグラスに入ったお茶と、幸成が持ってきた栗の水羊羹がガラスの皿に載ってスライドしてきた。アリスがぺこりと頭を下げて音を立てずに下がる。無駄な動き一つなく、まるで武士の様である。リサとイラの教育の賜物《たまもの》だなぁと幸成は思った。

「せっかくですし、あと少しだけ休憩してから行きましょう。私も花満先生が下さったお土産を楽しみたいので」

そう言ってリサは水羊羹の載った皿と黒文字を手に取り、にっこりと微笑んだ。


しっかりと休憩を取って甘いものを摂取した後、幸成の車で出掛ける。今日はイラもアリスも一緒に出かけるそうで、女性陣は後部座席、イラが助手席に座った。

「行き先はどこですか？」

シートベルトを締めながら幸成がバックミラー越しにリサに尋ねる。

「高岡屋《たかおか》までお願いします」

リサが言ったのは四条河原町《しじようかわら》にある有名な老舗《しにせ》百貨店である。何度か待ち合わせでも使ったことがあるので、京都歴の浅い幸成でも店名を言われてすぐに場所が分かった。だが車で行くのは初めてなので、一応ナビに目的地を入れて案内してもらう。

「花満先生の運転は丁寧ですよね」

「いやぁ、姉と妹に散々文句を言われたからなぁ……」

イラの褒め言葉に苦笑を浮かべて返す。

「三姉弟《きようだい》なんですか？」

「いや、一番上に兄がいて四兄妹《きようだい》」

一番上の兄は要領が良いので、姉や妹が頼み事をしてくる時は早々に危険を察知して一人で逃げている。逃げ遅れた幸成がいつも買い物や飲み会の足として使われていたわけだ。運転免許を取る前は夜にコンビニに行くのが怖いからついて来いとか言われていた。

「姉はズバズバ言ってくるタイプで、これまた弁が立つから言い返せなくて頷《うなず》くしかないし、妹は比較的大人しいけど、車酔いがひどくて運転が少しでも荒いと酔って不機嫌になるから必然と車の運転には気をつける様になったなぁ」

「花満先生お優しいから、ついつい頼んでしまうのも分かりますし、聞いてくれると分かっているから甘えちゃうんでしょうね」

後部座席のリサが笑いながら頷く。アリスは興味がないのか、外の流れる景色をぼんやりと眺めている。

「そうですかねぇ」

実家に帰省した時は容赦なくこき使ってくる姉妹を思い出し、幸成は苦笑を浮かべた。

世間話をしているとあっという間に目的地である高岡屋に到着した。駐車場に車を停め、店内へ向かう。

各店舗の前を通ると店員が恭しく挨拶をしてくるが、リサはスタスタと素通りして行く。

宝飾品はゼロが一つどころか二つ三つ多い。量で勝負するのではなく、バイヤーが厳選した少数精鋭の品々がゆったりと並べられており、上品な雰囲気の店内に幸成はそわそわしてしまう。

待ち合わせで使うことはあっても店内に足を踏み入れたことはあまりなかったし、今日はここに来る予定とは幸成は知らなかった。一応リサの所に行くからと無難な格好をしているが、お上品な雰囲気にどうしても気圧《けお》されてしまう。

しかし、Tシャツにジーンズと言うラフ中のラフな格好をしたアリスは特に気にしていないようで、リサと話しながらのんびりと店のディスプレイを眺めている。

幸成はイラと並んで女性二人の後を付いていく。

女性陣は特に買い物をするでもなく、エレベーターへ向かった。

その前には他の客が四、五人エレベーターが来るのを待っている。リサが操作盤の前に行ってボタンを押した。

すぐにエレベーターがやって来て、乗っていた客が出て来たので前にいる客が乗るのを待つ。

だが、いつまで経っても前にいる客が動かない。リサ達はスッと前に出てエレベーターに乗り込んでおり、幸成もそれに倣って前にいる客たちを避《さ》けて乗り込む。

後から乗り込んで来る客もいなかったのでエレベーターの中は四人だけである。

「花満先生は高岡屋が何階建てかご存知ですか」

エレベーターの扉が閉まり、リサが操作盤のボタンを押しながら幸成に唐突に問いかけた。

「えっと、七階建て、ですかね？　いや、地下一階を入れたら八階建て……？」

操作盤を見ながら幸成がしどろもどろに答える。

「残念。見えるものが全てとは限りませんよ」

ポーン、とエレベーターが目的階に到着した音が響く。操作盤の光は全て消えており、一体何階に到着したのか分からない。

エレベーターの扉が開くと、見慣れた売り場が広がっていた。

一体何階に着いたんだろう、と幸成は振り返ってエレベーターの上にあるであろう階数表示を確認しようとした。

「零階……」

ぱっと見は普通の売り場に見えていたが、よくよく見るとなんだか様子がおかしい。

楽器か何かのように箒《ほうき》がオシャレに展示されている売り場もあれば、どこがどう違うのか分からないフード付きの黒いマントをずらりと並べている売り場もある。

一見普通の花屋かと思えば、見慣れた花の中に見たことのないもの、叫んでいる人の顔のような植物が天井から吊《つ》るされている。

特に統一性の感じられないフロアだが、どことなく雰囲気が重たい。

「なんか、他のフロアと雰囲気違いますね……？」

「他のフロアとは違って、魔女や魔法使いを相手にする売り場ですから」

「へぇ～……え⁉」

一瞬軽く相槌《あいづち》を打って流しかけたが、流しきれずに幸成は素《す》っ頓狂《とんきょう》な声を上げる。

「こんな誰でも来られるような所にあって大丈夫なんですか」

「誰でも来られないので大丈夫ですよ」

リサは幸成を見上げてにっこり微笑み、種明かしをする。

「エレベーターに乗る前に私がボタンを押したでしょう。あれで簡易的な結界を張り、一般の方が乗らない様にしたんです」

「だからみんなエレベーターに乗らなかったんですか」

「ええ。では行きましょうか」

リサが売り場と売り場の間の通路を颯爽《さっそう》と歩いて行く。アリスとイラがリサの後に続き、幸成は慌ててそのあとを追いかけた。

各店舗に店員はいるのだが、どこの店員も他のフロアの様に積極的に話しかけてこようとはしない。距離を取って見つめ、客が何か困った様なそぶりを見せれば音もなくやって来て、困りごとを解決すればすぐに所定の位置に戻っていく。

先頭はリサとアリスで、幸成とイラは二人の後ろを大人しく付いていく。

どういうものを選べばいいのかを教えながら商品を見ている様で、さっき違う階で化粧品を見ていた時とは二人とも顔つきが違う。

「見たことないものばっかだなぁ」

「あまり不用意に触らない様にしてくださいね。下手すると怪我をしたり呪われたりしますので」

近くにあった狼の置物に触れようとしたら、イラに止められた。置物まであと数センチのところで手を止めると、置物が動き出して幸成の指に噛《か》みつこうと飛びかかる。幸成は慌てて手を引いて後ろに下がった。

「それは大事なものを守るための置物ですね。噛まれたら指の一本や二本は持って行かれますよ」

「ひえっ」

思わず食べられかけた指を握り込んだ。

狼は小さいながらものどを鳴らして幸成を威嚇している。

「リサ！」

謎の売り場の数々に幸成が圧倒されていると、明るい声がリサの名を呼ぶ。

一行が声の主の方へ振り返ると、金髪の女性が笑顔でこちらに向かって手を振っていた。瞳《ひとみ》の色と同じ鮮やかな空色のワンピースがよく似合っている。

「マリア！」

振り返ったリサは、珍しく弾んだ声で女性の名を呼びながら小走りで駆け寄る。リサのテンションの高さに、幸成とアリスは目を点にして感動のシーンを眺めていた。

そんな外野の気持ちなど全く目に入っていない二人は、両腕を広げて抱き合った。

「久しぶり！　相変わらず素敵なキモノ姿ねぇ！」

「ありがとう、マリア。京都に来てたのね。結婚の挨拶《あいさつ》？」

「ええ。これからなんだけれど、もう緊張しちゃって……」

「天下のマリア・リベラの緊張する姿なんてそうそう見られないわね」

「私だって緊張するわよ。失礼しちゃうわ」

「ふふ、ごめんなさい。ワルプルギスは未来の旦那《だんな》さんと一緒？」

「それが彼は仕事で来れなくて、ワルプルギスは弟と行くの」

「そう。早くお会いしたいわ」

「できるだけ早くセッティングするわね」

ポンポンとリズミカルに交わされる会話を少し離れたところで見ていた幸成とアリスは、今まで見たことのないリサの姿にポカンとしていた。

「彼女はリサの同級生のマリア・リベラです」

呆気《あっけ》にとられている幸成とアリスに、イラが説明する。

「同級生、ということはあの人も魔女なんですか」

「はい。リサの代の首席です。ちなみにリサは次席でした」

リサの出身校の生徒数は知らないが、首席と次席ということは相当の実力者なのだろう。

「イラも久しぶり。ご主人様に無理難題言われてない？」

「ご心配ありがとうございます。たまに面倒なことを言われますが、なんとかこなせておりますよ」

「そう、よかったわ」

イラと話し終わったマリアは、ついと幸成とアリスに向き直った。

「こちらの方達ははじめましてよね？」

「ええ、紹介するわ。花満先生、私の弟子のアリス・エバンスよ」

「はじめまして、花満幸成先生と、エバンスさん。リサの同級生のマリア・リベラです」

マリアはにっこりと完璧《かんぺき》な笑顔で右手を差し出す。握手の文化に慣れていない幸成は、差し出された手を恐る恐る握った。そのあとアリスも人馴《ひとな》れしていない動物の様に恐々と握手をした。

「彼らもワルプルギスには参加するの？」

「ええ。今日はその為の衣装を作りに来たの」

「あら、そうなの！　足を止めさせちゃって悪かったわね」

「全然いいのよ。むしろ二人を先にあなたに紹介できてよかったわ」

「じゃあ、ワルプルギスでお会いできるのを楽しみにしてるわ」

そう言ってマリアは小さく手を振りその場を後にした。一行は踵《きびす》を返してリサの後を付いていく。

「なんか、名前の通りマリア様みたいな人ですね。リサさんもですけど、全然魔女に見えないです」

マリアの外見は、魔女と言われるより聖母と言われた方がしっくり来た。思ったことをなんとなくつぶやいた幸成を、リサが苦笑いを浮かべて見上げる。

「花満先生もまだまだですねぇ。彼女、呪った人の数知れずですよ。おそらく私より多いはずです」

「え」

突然のカミングアウトに幸成が固まった。

「マリアの腕前は超一流ですから」

聞きたいのはそこじゃない、と幸成は思ったが、聞けば聞くほど知ってはいけない何かを知ってしまいそうなので押し黙る。

これから魔女になるアリスの方をこっそり窺《うかが》ってみたが、アリスは特に何も思っていないのか静かな表情をしていた。

ここで魔女に恐れおののくような性格ならリサが見初めていないか、と思ったが、そもそもアリスは故意でないとはいえ人を一人呪っている。

リサは明言していないが、口ぶりからして人は呪っていると思われる。

普段なら幸成は多数派になることが多いが、この場では圧倒的少数派であることに気付かされた。

「魔女や魔法使いを警戒する人は多いので、相手に警戒心を持たせない為にいかにも魔女のような服装をする人は少ないかもしれません。逆にお医者様は患者さんに接する時白衣やスクラブを着ますよね。私服姿では患者さんに信用されにくいですもの。相手にどういう風な印象を与えたいかで服を決めるのって大切かと思いますよ」

「確かに……俺が私服で手術の話をしたら、担当変えてくれって言われそうです。逆にライブ会場に白衣で行ったら周りの人はシラケますよね」

後半の独特な想像に幸成以外の三人が吹き出した。

「失礼しました……ふふっ、花満先生なら、白衣でライブ会場に行ってもすぐに、溶け込めそうだなって思って」

「あはっ、リサ、話を具体的にするのはやめてくださいよ！　花満先生の白衣姿を見たら思い出すじゃないですか！」

リサとイラはお腹《こら》を抱えて笑い、アリスは明後日《あさって》の方向を向いて沈黙を貫いているが、おそらく笑うのを堪えていると思われる。

そこまで面白いことを言ったつもりのない幸成はおいてけぼりを食らった気分でその場に立ち尽くしていた。

「さて、私はあまり魔女らしい格好をするのは好きではありませんが、一年で唯一、魔女らしい格好をしなければならない日があるんです」

滲《にじ》んだ涙をぬぐいながら、息も絶え絶えにリサが背筋を伸ばした。

「先ほどマリアも言っていた、ワルプルギス、正式な名前をワルプルギスの夜といいますが、毎年四月三十日の日没から五月一日の未明にかけて各国で開かれる魔女と魔法使いの宴《うたげ》です。現代ではただの飲み会と化していますが、これに出席することが魔女と魔法使いとしてのステータスなので、よほどのことがない限り出席します」

医者で言う学会か医局の飲み会みたいなものだろうかと幸成は思ったが、また変なことを口走って話を脱線させてはダメだと思い、口を閉じた。

「そのワルプルギスに参加する時のドレスコードが『黒』なんです。それに同業者相手なら舐《な》められるわけにはいかないので、盛りに盛っていかにも魔女、という格好をしますね」

「今年はアリスのお披露目もありますから、特に気合いを入れねばなりません」

「なるほど……」

「え」

今まで外野で傍観していたアリスが、一気に舞台の真ん中に引っぱり出されて素《す》っ頓《とん》狂《きょう》な声をあげた。

「なぁに、アリス。あなた今まで自分は関係ないと思っていたの？」

リサの指摘にアリスは半笑いを浮かべていた。

「むしろ今年のうちの目玉は私じゃなくてあなたよ。今まで魔法界の知り合いがいないのだから、これを機にしっかり人脈を作っておかないと」

「……はい」

一応返事をするアリスだが、声音と顔が全く承知していなかった。文字にするとまさに不承不承、である。

人に対して最低限失礼のない程度の対応はできるが、お世辞にもアリスは愛想のいいタイプではない。むしろできることなら積極的に人と関わることはしたくないタイプだろう。

幸成とて職場の飲み会はあまり好きではないので、アリスが渋い顔をするのも頷《うなず》けた。

だが、幸成が教授命令に逆らえないのと同様に、アリスは師匠命令に逆らえない。最初から頷くしか道は残されていないのである。

「というわけで、今日お世話になるのがこちらです」

売り場と売り場の間の迷路のような通路を歩いた先、フロアの奥にあったのは服売り場だった。

マネキンは男女のものがあり、男性のマネキンは燕尾服《えんびふく》を、女性のマネキンはゴージャスなドレスを着せられているが、どちらも真っ黒だった。他のディスプレイされている商品も華やかなデザインのものばかりだが、全て黒一色である。

「いらっしゃいませ。お待ちしておりました、フローレス様」

店先に出てきた初老の店員が恭しく頭を下げて出迎えてくれた。

「今日はお世話になります、園部《そのべ》さん」

「こちらこそ、全力で皆様のサポートをさせて頂きます」

リサと店員の園部が挨拶《あいさつ》した後、園部が幸成とアリスの方へ体を向けて丁寧に頭を下げる。

「はじめまして、園部と申します。今日はよろしくお願いいたします」

「あっ、はい。よろしくお願いします」

よろしくお願いするのはおそらくリサとアリスだが、と心の中で思いながらも一応幸成も挨拶する。

店舗の奥にある個室に案内され、カタログや実際のドレス、生地を机いっぱいに並べられる。そのどれもが黒色だが、微妙に色の加減が違っていたり、金糸や銀糸が織り込まれていたり、光沢があったりと黒と一言に言ってもバラエティーに富んでいる。

「ここは黒色の衣装だけを扱うお店なんです。洋装だけでなく和装も対応してくださいます」

「そうなんですか。てっきり洋装だけかと思いました」

ファッションにあまり興味のない幸成は無難中の無難な返事しかできない。自分があまり興味のない分野について掘り下げていくのは至難の業である。

一方、今この場での主役であるアリスも、華やかなドレスや生地を前に呆然《ぼうぜん》と立ち尽くしていた。

「エバンス様はどういうものがお好きでしょうか？」

園部が優しく問いかけるが、アリスは俯《うつむ》いて視線をさまよわせている。

「えっと……よく、分からなくて……」

今まで生活に余裕がなかったのだから、お金のかかることは避けてきただろう。いつも清潔だが、飾り気はあまりないシンプルな格好ばかりしていた。リサのお下がりももらっているそうだが、趣味が合わないらしく結局今まで通りの服装ばかりだった。

周りから浮かず、動きやすく、長く着られるものであればなんでも良かっただろうアリスに、黒色という縛りはあるもののここへ来ての膨大な選択肢。答えがわからないのも当たり前だ。

「では、こういうのは絶対嫌だ、などはございますか？」

「え」

さっきの質問とは真逆の質問を園部が投げかけた。

急な方向転換にアリスも、横で見ていた幸成も目を丸くする。

「例えば、スカートとパンツスタイルなら、どちらの方が抵抗がありますか？」

「スカートはちょっと……」

「分かりました。肌が出るものはあまりお好きではありませんか？」

「そうですね」

ポンポンと会話が進んでいく。

好きなものが分からないアリスに合わせて、園部がどちらがいいかの二択を示す。二択で問われれば、アリスもなんとか答えることができた。

そうやってアリスの好むものを絞り込んでいき、カタログや実際のドレスで更にイメージを明確なものにしていく。

「大体のイメージは摑《つか》めたと思うので、後日デザイン案を送らせていただきます。あとは採寸ですね」

別室で女性スタッフによる採寸が始まり、リサと幸成、イラは椅子に座って終わるのを待つ。

「なんか、姉や妹の成人式の時を思い出します」

ファッションにあまり興味のない幸成だが、姉と妹の成人式の振袖《ふりそで》の試着は試着後の外食に釣られて付いていった。姉妹も幸成がファッションに疎いことは承知しているので、コメントを期待されていなかったのは幸いであった。

「あら、そういうシーンに男性が付き添われるのって素敵ですね。うちの父はそういう時妙なコメントばかりするので、祖母と母に追い出されていましたよ」

親父さん不憫《ふびん》だな……と幸成は会った事もないリサの父親に同情する。

まだ若いリサですら存在感がすごいのに、その母親や祖母となると一体どんな人なんだろうと幸成は思った。

「はい、これで全て測り終わりました。長いお時間、ありがとうございました」

「いえ……」

アリスがぺこりと園部に頭を下げる。オーダーメイドの服作りなんて全女子の憧《あこが》れだと思っていたが、どうやらそうではないらしいということを幸成ははじめて知った。

「では次は花満先生、こちらへどうぞ」

「え」

大変そうだなーと他人事《ひとごと》のように思っていた幸成は、突然声をかけられて小さく飛び上がった。授業中ぼんやりしていて、先生に当てられた時のような気分である。

「え、いや……え？」

戸惑う幸成に園部は首を傾げ、リサはニコニコと笑っている。

「今年のワルプルギスには花満先生も参加していただきますよ」

「えっ⁉」

更にびゃっと飛び上がった幸成の姿に、リサは目を丸くする。

「先日四月三十日と五月一日にお願いしたいお仕事があるので空けて置いてくださいと言っていたと思うのですが……」

リサに言われて、幸成は慌ててスマホのスケジュール帳を開く。下手したら今から仕事の調整を行わねば、と冷や汗をかいたが過去の自分は優秀だったようできちんとスケジュールを確保していた。

「だ、大丈夫でした。すみません……」

すっかり予定を忘れていたことが恥ずかしく、幸成は苦笑いをするしかない。なんならリサとイラは苦笑を浮かべているし、アリスに至っては呆《あき》れ顔だ。

「外国由来の行事なのでパートナー必須《ひっす》でして。毎年イラを伴って参加していたのですが、今年イラにはアリスのエスコートをしてもらうつもりです。そうなると私のパートナーがいないので、ぜひ先生にと思って依頼した次第です」

さっきまでは他人事だと思ってのんびりとアリスの様子を眺めていたが、急に自分も当事者になってしまって幸成は白目を剝《む》くかと思った。

しかも今まで縁もゆかりもない行事に、女性をエスコートするという大役。

学生時代から死ぬほど勉強してきたつもりだったが、女性のエスコートの仕方など習わなかった。運動会でのフォークダンスが精々である。

「というわけで、アリスのドレスと一緒に花満先生のブラックタイも一式仕立てようと思いまして」

「いや、そんなの勿体《もったい》ないですし、貸衣装とかで……」

幸成は今までの人生でブラックタイを着たことがなく、持っていない。就職する時に揃えたスーツが精々だ。あまり着る予定のないものにお金をかけることは気が引けた。

「でも、先生の背丈に合わせた物を探すとなると、骨が折れますよ？」

リサがスッと幸成の足元を指差して苦笑を浮かべる。

確かに、幸成は背が高すぎるせいで既製品でサイズが合うものを探すのにいつも苦労していた。

「ワルプルギスは見栄を張る場です。当日のパートナーであるあなたに合わない物を着せたとあっては、私の恥となります」

にっこりとお得意の笑顔で言い切られ、幸成には逃げ場はなくなってしまった。


それから本業に忙殺されていると、あっという間にゴールデンウィークを迎えた。京都市内はどこも人でごった返している。

幸成とアリスの衣装はワルプルギスの三日前にフローレス邸に届けられ、最後の調整が済んでいた。

「前着た時も思ったけど、プロの仕事ってやっぱりすごいな……」

幸成はフローレス邸の一室でイラの力を借りて人生初のブラックタイを身に纏《まと》った。

ぴったりと自分の体のラインに添っているのに、窮屈感を全く受けない。髪はイラがセットしてくれた。前髪が上げられ、いつもより視界が広くてそわそわしてしまう。

「とてもお似合いですよ。花満先生は背が高いので、衣装が映えますね」

顔は十人並みの幸成だが、着るものが違えば背が高いおかげでそれなりに様になっているように見えた。

「イラくんありがとな。自分の支度もあるのに」

「いえいえ。僕は慣れていますので大丈夫ですよ。リサとアリスの支度もそろそろ終わると思うので、いつものお部屋でお待ちください」

そう言ってイラは自分の支度をしに行った。

フローレス邸は山の斜面を利用しているので、建物の造りが複雑になっている。今でもたまに迷子になるが、いつも通される応接室にはなんとか自力で迷わずにたどり着くことができるようになった。

幸成は縁側に腰掛けてぼんやりと庭を眺める。ここに来てゆっくりしているといつの間にか眠っていることが多い。

山奥で都会の喧騒《けんそう》から遠いからだろうか、と考えていたらこちらへ足音が近づいて来るのに気づいた。足音がする方へ目を向けた幸成は、思わず目を見開く。

「おお……すげ……」

こちらに向かって来ているのはリサとアリスだ。

純和風の景色の中に、真っ黒なドレス姿は非常に浮いている。

「お待たせしました、花満先生」

リサはオフショルダーのドレスで、いつもは隠れているほっそりとした首元を大胆に露出させている。裾《すそ》は幾重にも薄いチュールを重ね、前は膝上《ひざうえ》、後ろは踵《かかと》までの独特なラインのフィッシュテール。その名の通り、リサが動く度に優雅な魚のヒレのようにふわふわと揺れている。

一方アリスはパンツスタイルのドレスだった。トップスは首元から手首までレースが覆っており、パンツは細身のシルエットで、シンプルなデザインだがすらりとしたアリスのスタイルをよく引き立たせている。

リサは髪飾りやネックレスなどの装飾品をシルバーで、アリスはゴールドで統一していた。

「てっきり着物かと思っていました」

初めて見るリサの洋装姿に幸成は目を丸くさせている。

「去年は着物で行ったんですけど、気分を変えたくて今年はドレスにしたんです」

女性陣の普段は見えない腕や足に、なんだか見てはいけないものを見ている気分になってきて、幸成は目のやり場に困った。

「すみません、お待たせしました」

リサ達の後ろから低く甘やかな声がする。

「誰……？」

声の主は褐色の肌をした二十代くらいの青年で、身長は幸成と並ぶほどの高さだ。振り返ったアリスが、胡乱《うろん》げな表情で青年を頭の先から爪先《つまさき》までジロリと見つめて呟《つぶや》く。

初めて会う人だが、なんとなく既視感を覚える幸成は首を傾げて青年の顔を見つめていた。

「いやだなぁ、僕ですよ、イラです」

「は？」

「え？」

イラを名乗る青年は苦笑を浮かべた。幸成とアリスが真偽を確かめようとリサの方に視線を向けると、リサはクスクスと笑っている。

「リサ、笑っていないで説明してください」

「ごめんなさい、花満先生とアリスがあまりにも素直な反応をするから」

イラが呆れた表情でリサに説明するように促すが、リサは笑いが止まらない様で三人を置いてけぼりにして一人でずっと笑っている。

ひとしきり笑って満足したのか、リサはイラの隣に立ち、大きく深呼吸をして口を開いた。

「イラは魔力の量で姿を変えることができるんです。いつもは魔力の消費を抑えるために子供の姿や魚の姿をしてもらっていますが、今日はアリスのエスコート役なので大人の姿をしてもらっています」

「ということです。お騒がせしました」

当たり前だが、にっこりと笑った表情は見覚えのあるイラの顔だった。

普段ならイラの身長はリサの胸ぐらいの高さだが、今はリサより頭一つ分高く、リサの方が見上げる形だ。大人の姿のイラは手足もすらりと長く、ブラックタイがこの上なく映えている。

部分的な特徴や雰囲気はイラなのだが、大きくなるとこうも印象が変わるものなのか……と幸成はしみじみと思った。

気分としては久々に親戚《しんせき》の子供に会った時、自分の記憶の中の子と、目の前にいる現在の本人の印象のズレにどうしても違和感があるあの感じ。

イラの急成長に驚いて呆《ほう》けている幸成とアリスの意識を戻すように、リサがパンパンと軽く手を打つ。

「では、みんな準備も整ったことですし、会場に向かいましょうか」

びっくりから抜け出せない一般人と新米魔女は、ああ、とかへぇ、とか間抜けな返事をしてリサの後を付いて行った。

幸成はてっきり会場まで自分が運転するものだと思っていたが、邸《やしき》を出たところに運転手付きの高級そうな黒塗りのハイヤーが一台待機していた。

「そういえば会場ってどこなんですか？」

プロの運転はうねうねと曲がりくねった山道も非常に快適であった。

幸成は三列シートの一番後ろの席から、アリスと一緒に真ん中のシートに座っているリサに問いかけた。イラは座席が狭くなるからと助手席に座っている。

「京都駅ですよ」

リサが後ろを振り返りながら答える。

京都駅の近くには有名なホテルがいくつかあるので、そのうちのどれかでワルプルギスは開催されるのだろう、とこの時の幸成は思っていた。

八瀬から京都駅まで車で行くとなるとかなりの時間がかかるが、みんなでああだこうだと話しているとあっという間に京都駅前に到着した。日はもう沈みかけており、よく晴れた今日の空は水色から橙《だいだい》色へ、綺麗《きれい》なグラデーションを作っている。

「花満先生、会場はこっちですよ」

タクシーの乗降場で降ろされたので、幸成は京都駅に併設されたホテルの方へ向かおうとしたら、リサに止められた。

「あ、すみません。てっきりこっちのホテルかと思ってました……」

恥ずかしくなって背を少し丸めながら、幸成はリサ達の方へ小走りで走り寄った。

観光客でごった返す駅前で、ドレスアップした一行は異様に目立つ。

完全に一般人とは異なるオーラを放つリサと、無気力故の儚《はかな》げな少女の雰囲気を纏ったアリス。そしてエキゾチックな容姿のイラと、顔は平々凡々な日本人だが日本人離れした長身の幸成。その四人が盛装して固まっていると、否応《いやおう》無しに周りからの視線を集めた。

どうか知り合いに見つかりませんように、と幸成は心の中で神に祈った。

リサを先頭に、駅に入ってすぐ左手にあるエスカレーターに乗る。ホテルの方面へ行くのならまだ結婚式に向かうのかと思われそうだが、駅構内だと異質感がすごい。

周りの視線を気にしていない風を装って、幸成は無心でエスカレーターに乗った。後ろをちらりと見ると、アリスも光のない目で虚空を眺めていたので幸成と同じような心境なのだろうと察した。

エスカレーターを何度か乗り継いで辿《たど》り着いたのは、東広場と呼ばれる場所だ。広場には大きな鳥籠《とりかご》の様なオブジェがあり、奥にはホテルに併設されたカフェがある。

やっぱりホテルが会場なのだろうかと首を傾げながら幸成が振り返った瞬間、目を見開いた。

「えっ、なんっ、あれ⁉」

広場の向こう側、京都駅の吹き抜けの部分にパーティー会場が広がっていた。

会場には結婚披露宴の様に円卓が等間隔で配置され、壁際の方は長机がずらりと並べられていた。長机の方には、銀食器に盛られた料理がウェイター達の手でどんどんと運び込まれて行く。

すでに会場に到着した人達が楽しそうに談笑しており、会場の様子は普通の立食パーティーの景色だ。

しかし、その下には床の様なものは見えない。

「もしかして会場ってあそこですか⁉」

「ええ」

驚いている幸成に朗らかに返すリサ。アリスも会場を見て唖然《あぜん》としている。

「魔術による結界術の応用です。関係者以外には見えませんし、もちろん落ちたりはしませんよ」

そうは言われても、心が付いていかない。

広場の端には普段なら転落防止の為の柵《さく》があるのだろうが、今はそれが取り払われ、黒服姿の男二人が立っていた。

「フローレス様、お待ちしておりました」

男達はリサの顔を見ると、同時に恭しく頭を下げた。

リサは後ろを振り返って幸成の方へ手を差し出す。意図が分からず、幸成はキョトンとした表情でリサの手を見つめていた。

「花満先生、手を」

「え」

突然恋人ではない異性から手を繋《つな》ぎましょうと言われて、幸成は分かりやすく狼狽《うろた》えた。

「魔女や魔法使いでない人は、魔力を分けてもらいながらでないと会場へは行けないんです。だから、アリスはイラと手を繋いで会場入りしてね」

「え」

いきなり話を振られたアリスは、口の端をヒクつかせて、後ろに控えているイラを恐る恐る盗み見ていた。

普段の小学生の姿なら抵抗なく手を繋げるのだろうが、今日初めて見た大人の姿のイラと手を繋ぐのは年頃のアリスにとって至難の業であろう。警戒心の強い野生動物のようにイラの様子を窺《うかが》っており、イラはそれに気付いているのかいないのか、ニコニコと笑っている。

もう一度目の前に手が差し出され、幸成は意を決してリサの手に自分の手を重ねた。優しく手を包むリサのほっそりとした指に思わずドキッとしてしまい、急に手汗が出て来たように感じて幸成は焦った。

リサがゆっくりと宙に足を踏み出す。一見何もない空中にリサが真っ直ぐと立っている様を、幸成は呆然《ぼうぜん》と見つめていた。

いつまでもそうしているわけにもいかないので、幸成は意を決して足を踏み出す。リサが歩いた後をなぞるように恐る恐る足を踏み出すと、見えないが確かに板のようなものに乗る感触が靴越しに伝わる。

昔、修学旅行で行った東京タワーのメインデッキにあるガラスの床を思い出した。幸成は高いところが苦手ではないが、ガラスがあるといえどもあの高さから地上を見下ろすのには勇気がいった。今は魔術によるものなので、未知の術への恐怖も相まって、油断すると膝《ひざ》が笑い出しそうで必死に堪《こら》えた。

「会場に着いたので手を離しますね」

「えっ、えっ⁉」

慌てる幸成を無視して、リサがスッと手を離した。

血の気が引いたが、幸成は下に落ちることなく透明な床の上に立っている。正直、生きた心地がしなかった。

「ありえませんが、万が一落ちてもリサか僕が助けますよ」

落ちないかと気が気でない幸成を心配したイラが、苦笑を浮かべながら言った言葉に幸成は少しだけホッとした。

気持ちが落ち着くと、それまで目に入らなかったものにも気付く。

テーブルクロスは闇夜を切り取ったかの様な真っ黒なもので、会場の至る所に飾られた花々も黒薔薇《くろばら》や黒百合《くろゆり》など黒ばかりだった。

会場は多くの人で賑《にぎ》わっていた。全員ドレスコードである黒の服を着ているが、デザインが華やかで装飾品にはゴールドやシルバーを使っており、黒一色でも非常に煌《きら》びやかな景色となっている。

誰かとすれ違うたびにリサは声をかけられ、その度にアリスと幸成を紹介していくのだが、「ああ、あの……」と言われたり値踏みするかのように意味深な視線で頭のてっぺんから爪先《つまさき》までながめられて大変居心地が悪い。

社交、と聞けば華やかなイメージしかないが、それはうわべだけの話で、水面下では瞬時の損得勘定と高速のマウントの取り合いだった。

「よーリサ！　いい男連れてんな！」

人混みの中から銀髪の美女がシャンパングラスを片手に、ご機嫌に笑って手を振っている。彼女が歩く度に星の光を集めたような銀の長い髪が左右に揺れる。

「あなたはもう出来上がっているみたいね、ステラ」

リサは銀髪美女を見ながら苦笑を浮かべる。

黒シャツにタイトなボトムスで、飾り気といえば襟の間から覗《のぞ》くシンプルなシルバーのネックレスのみ。きらびやかなこの空間では装いがシンプルすぎる気もするが、彼女の魅力を邪魔しない装いとも言える。

「花満先生、アリス、紹介するわね。私の同期のステラ・ウォーカー。世界で一番の箒《ほうき》乗りよ。今は京都府警に所属しているわ」

「どーもー」

ステラはおちゃらけながら右手で敬礼した。素面《しらふ》ならば相当な美人であろうに、酔っ払っているせいでおじさんみたいになっている。この空間がこの上なく似合う人物なのに、彼女の背景はなぜか赤提灯《あかちょうちん》の居酒屋に見えた。

「はないセンセ、だっけ？」

「花満先生よ、ステラ」

「あー、そう！　はなみつ！　はなみつセンセ！」

ケラケラとステラが笑う。酔っ払いのテンションに全く付いて行けず、幸成は曖昧《あいまい》に笑うだけで、アリスに至ってはドン引きしていた。

「で、君がアリスちゃん。不思議な魔女の世界へようこそ～！」

アリスは頬を引きつらせながらもなんとか愛想笑いを浮かべていた。リサの鉄壁の笑顔に到《いた》るまではまだまだ道のりが険しそうである。

「今からそんなに飲んで大丈夫なの？」

「ダイジョーブダイジョーブ！　飲める時に飲んどかないとねー！」

そう言っている間にもぐいーっとグラスの中のシャンパンを気持ちよく飲み干し、近《ちか》くを通りかかったウェイターから新しいものをもらっている。こんな調子で最後まで保つのか？　と幸成は他人事《ひとごと》ながら不安になった。

やがてパーティー開始の時刻が迫り、会場内がだんだんと静かになっていく。乾杯用の飲み物が配られる中、一人の女性が会場の北側に向かって歩いて行った。

「あ、あの人」

ガラス越しの黄昏《たそがれ》を背にして立った人物に、幸成は見覚えがあった。

百貨店で会った、マリア・リベラだ。黄金の髪は美しく結い上げられ、黒のロングドレスを着ている。

彼女がゆったりと左右を見つめると、にぎやかだった空間は自然と静かになっていく。

「今年もこの季節がやって参りました。この場で皆様にお会いすることができ、大変嬉《うれ》しく思っております」

普通の宴会と同じような滑り出しに幸成はずっこけそうになった。場所とドレスコードのおかげで雰囲気だけは十分だが、挨拶《あいさつ》の内容だけ聞くと魔女らしさはあまり感じられない。

「魔女、魔法使いは人間の良き隣人として、よりこの世界を良いものにしていけると私は信じております。人智を超えた能力を持つ私たちは、人間にとって時として奇跡に、時として災いになります。彼らの良き隣人として在り続けられるよう、日々の行動に責任を持って過ごして行きたいと思います」

魔女や魔法使いという言葉を伏せてしまえば、完全にどこぞの会社の営業部エースの新年会での挨拶のようだった。一般企業に就職したことのない幸成の想像でしかないが、少なくとも魔女が話しそうなスピーチではない。

「優等生も大変だねぇー。マリアの奴、絶対年寄り連中に押し付けられたんだぜ？」

「何を言っても後で色々言われるから、みんなやりたがらないのよね……」

リサが苦笑を浮かべながらステラに同意する。

「堅苦しい話はここまでにして、年に一度のワルプルギス、大いに楽しみましょう！　乾杯！」

マリアの音頭の後に参加者全員が手に持ったグラスを掲げて大合唱した。

「マリアさんやステラさんも、リサさんと同じ様に日本に縁がある方達なんですか？　日本語すごくお上手ですよね」

特にマリアは下手をすれば幸成よりも日本語に詳しそうだ。

「二人は生粋の英国人ですが、マリアは婚約者が日本人ということで来日しましたし、ステラは日本のお酒と食べ物が気に入って来日したそうです」

前者と後者の落差が激しすぎて、幸成は思わず乾いた笑みを浮かべてしまった。

二人で話していたのも束の間、リサの下には入れ替わり立ち替わりいろんな人が挨拶にやって来た。

「久しぶりねぇ、リサちゃん！　シャロンはお元気？」

「はい。元気過ぎて周りの方達が大変なようですが」

「あらあら！　シャロンは相変わらずね！」

　幸成は料理に手を付けるリサの後ろでヘラヘラと笑ってひたすら頷《うなず》くだけだ。イラに押し出されてアリスも会話の輪の端にいるが、相変わらず引きつった笑みを浮かべている。

　ステラは酒を求めて酒を提供しているウェイターに張り付いていた。皆が社交を楽しんでいる中、彼女の周りだけ結界を張ったように誰も近づかない。魔女、魔法使いといえども酔っ払いには近づきたくないらしい。

「そういえば先日リサちゃんに頂いたお薬もよく効いていて、最近とっても調子が良いの。さすがシャロンのお孫さんねぇ」

「いえいえ。お役に立てたのなら何よりです」

　年配の魔女から贈られる賞賛の言葉に、リサは軽く頭を下げる。

　リサの祖母のことを幸成はあまり知らない。

　昔春子を助けた魔女で、リサの祖母でリサにとても似ている、ということしか知らないが、業界ではかなりの有名人らしい。パーティーが始まって以降、リサに挨拶に来る人は挨拶の後にまず「お祖母《ばあ》様は～」から会話に入る。

　一通り挨拶が終わったのか、リサは小さく息を吐き出して幸成の方へ振り向く。

「花満先生すみません、ちょっとお手洗いに行って来ます。イラ、花満先生のことお願いね」

まるで手のかかる子供の様だが、こんな得体の知れない場所で一人になるのは恐ろしいことこの上ないので、ありがたくイラの世話になることとする。

「あの人、母親が陰陽師《おんみょうじ》なんですって」

「ああ、道理で」

近くにいた数人がコソコソと話している内容が思いがけず耳に入って来て、幸成は固まった。

「いつあちら側に寝返るかわからないじゃないか」

「シャロン・フローレスの後継者があんな半端者でいいのかしらねぇ」

「そういえばさっき挨拶をしていたリベラの娘も、陰陽師と結婚するとかしないとか」

「まぁ……せっかくの血筋だというのに残念ねぇ……」

映画やドラマの中でしか聞いたことのない様な言葉の数々に、幸成は呆気《あっけ》にとられる。聞こえてますよ、と言うべきだろうかと迷うくらいには動揺していた。

「偉大な身内がいると大変だよなぁ～」

人混みに紛れていくリサの背中を見送っていると、ウェイターに張り付いていたはずのステラがひょっこりと戻って来た。どこから持って来たのか、右手に大吟醸の瓶を抱えて手酌でスポーツドリンクのようにゴクゴクと飲んでいる。

ステラの声で幸成たちの存在に気付いたのか、噂話をしていた者達は音もなく姿を消していた。

「リサさんのお祖母さんってそんなにすごい人なんですか？」

そう言いつつ、酔っ払いに聞いてもまともな返事がもらえるのか分からないな、と思っていたら、ステラはグラスを揺らしながら口を開いた。

「リサのばあちゃんは現代魔法界で五指に入る、それはそれは偉大な魔女だよ。それにフローレス家は代々有名な魔女や魔法使いを輩出して来た家で、お近づきになりたいヤツはわんさかいる。しかし、彼女の息子が選んだのは魔女ではなく、異国の陰陽師の家系に連なる女。面白くない輩《やから》は星の数ほどいるよ。面白くないけど、実力は折り紙付き。そんな連中が唯一縋《すが》るのは血統だけっていうオチなんて全然面白くねぇよなぁ」

魔法界については全く素人の幸成だったが、まさかそんなすごい人の助手をしているのかと今更ながらに驚いた。

ステラはグラスを持った手で器用にアリスを指差す。

「人は自分と違うルーツを持つ存在というのを排除したがる傾向にあるもんだ。私は自分と同じ様なヤツなんてぞっとするけどねぇ」

「…………」

ステラの言葉は誰かに向けてのものなのか、はたまたただのつぶやきなのか分かりかね、全員沈黙を貫き通した。

「自分で選べないものより、自分が選んだもので見て欲しいですよね」

生まれた場所も、親も、自分で選ぶことはできない。それが自分のアイデンティティーであることも確かだが、それだけで判断されるのはあまりにも辛《つら》い。

思ったことをポツリとつぶやいた幸成の肩を、ステラがガシッと力強く鷲摑《わしづか》みにする。

「先生……良いこと言うじゃねーか！」

「え」

摑んでいた手はバシバシと景気良く肩を叩《たた》く。

「気分がいいから今日はとことん飲むぞー！」

それはただのこじつけだろう、と幸成は思ったが、酔っ払いに何を言っても無駄なので口をつぐんだ。

「ちなみに先生はイケる口か？」

肩を摑んだ手はそう簡単に逃がしてくれそうにはなかった。


「まさかこんなに早くステラが潰《つぶ》れるとは思っていませんでした」

お手洗いから帰ってくる間も色々と捕まっていたらしいリサは、大分時間が経ってから帰ってきた。

幸成とステラの前には酒瓶がゴロゴロと転がっている。

ステラは会場の隅に置かれていた休憩用の椅子を自分で持ってきて、酒瓶を抱いたままテーブルに突っ伏して寝落ちしている。他の参加者たちが眉《まゆ》をひそめて通り過ぎて行った。

「花満先生が顔色ひとつ変えずに飲まれるので、つられてハイペースになってしまったようです」

イラが苦笑を浮かべながらテキパキとテーブルの上を片付けていく。

「先生ってザルなの？」

目の前にズラリと並んだ空のボトルを眺めながら、アリスは行儀良く肉料理を口に運ぶ。

「まぁ、人よりは強い方かな」

そう言いながら、幸成はグラスを呷《あお》る。

幸成はザルというよりワクだ。どれだけ飲んでも酔った例《ため》しがない。酔わないので酒を飲む楽しさが分からない為、付き合いでしか飲まなくなった。

リサはツンツンとステラのつむじをつつきながらニコニコと笑っている。

「……もしかして、俺この為に連れてこられました？」

ステラのつむじをつついていた手を止め、リサは幸成の顔を見つめるとより一層笑みを深くした。その笑顔があまりにも美しくて、幸成は背筋が凍るかと思った。

「本当、花満先生に来てもらって正解でした」

つまり幸成の指摘は当たっていたらしい。

「私もイラもお酒にあまり強くないので毎年困っていたんです。まぁ、ステラが絡んで来ることで他の厄介な連中は来なくなりますけど」

「毒をもって毒を制する感がすごいですね」

せっかくドレスアップしているのに、あの絵に描いた様な酔っ払いに絡まれたら雰囲気は台無しだろう。それに何より酔っ払いはこっちのことなどおかまいなしなので単純に相手をするのが疲れる。

「こんばんは」

グラスを片手にやってきたのはマリアだった。際どいところまで攻めた胸元が、少し屈《かが》んだことでより一層際どくなり、幸成はそろりと目を逸《そ》らす。

「マリア。挨拶《あいさつ》お疲れ様」

「ありがとう。ご一緒しても？」

「もちろんよ」

「ステラがこんなに早い時間に潰れるなんて珍しいわね」

机に突っ伏している銀髪美女を見ながら、マリアが感心したようにつぶやいた。

「花満先生のおかげよ。今年のワルプルギスは近年稀《まれ》に見る平和さだわ」

ここまで友人に言われるなんて、今までの行いはどれだけ凄《すさ》まじかったのかと幸成は思った。

「先生よっぽどお酒お強いんですね……」

目を丸くしたマリアがしみじみと言っているが、ちょっとだけ引いているように聞こえるのは幸成の気のせいではないだろう。

確かに幸成もステラも一般人の酒量はとうの昔に超している。褒められているが少々複雑な気持ちになり、幸成は乾いた笑みを浮かべて適当に話を流した。

「ステラがいると他の面倒な人たちに絡まれなくて済むけれど、本人がはちゃめちゃすぎて究極の二者択一すぎるのよ」

確かにどっちも嫌だ。幸成は酒量で勝てるのでまだステラとの飲み比べの方がマシだが、普通の人間なら酔いつぶされて大変な目に遭うだろう。

「それにしてもみんながあなたの噂をしていたわよ。私も散々探りを入れられたわ」

「あら、どんな？」

ウェイターを呼び止めてジンジャーエールをもらいながら、リサは首を傾げた。

「リサ・フローレスは魔法界の実権を握ろうとしているって」

突拍子も無い発言に、リサは目を丸くしてジンジャーエールを呷った。

「医者を金で手下に引き入れ、力のある娘をどこからか攫《さら》ってきて自分の後継に仕立て上げようとしているらしいわよ？」

まさか自分の存在がそんな風に噂されているとは思ってもいなかった幸成は、驚いて飲んでいた酒を吹き出しそうになったがなんとか堪《こら》えた。魔女二人はそんな幸成を気にせず会話を続けている。

幸成がリサの仕事を手伝っていることは確かだが、今の所便利屋程度の働きしかしていない。そんな権謀術数の片棒をかつぐ様な仕事、出来るものならしてみたいところである。

アリスのことも大枠は間違っていないが、認識がかなりズレている。視点が変わるとこんなにも事実が違って見えるのか、と幸成は呆《あき》れを通り越して感心した。

「もしそれが本当なら、悟られる前にやるわよ」

「おっしゃる通り」

しかし、もはや風評被害クラスの噂話にも全く怯《ひる》まないリサ。それどころか物騒な発言をする始末である。

「私もあなたの結婚についていろんな人から探りを入れられたわ」

リサの言葉にマリアは困った様な笑みをうっすらと浮かべる。

「ごめんなさいね、向こうのご家族が陰陽師《おんみょうじ》の家で……ちょっと事情が込み入っててなかなか公にすることができないの」

初めて知ったことなのか、リサが目を丸くしている。

「それは……大変ね……」

普通の家庭でも、国際結婚となれば不安に思う親も未《いま》だに多いだろう。血統を重んじる魔法界なら、話がややこしくなってもなんらおかしくない。

リサの両親も国際結婚で、父親の家系は魔法界に、母親の家系は陰陽界に名を連ねている。少し立場は違うが、マリアの苦労には近しいものを感じるのだろう。

「何か困っていることがあれば遠慮せずに言って頂戴《ちょうだい》。必ず力になるわ」

「稀代《きたい》の魔女の力を借りられるなんて恐れ多いわね」

華奢《きゃしゃ》なグラスを傾けながら魔女二人がクスクスと笑う姿は大変絵になる。

アリスとイラはアリスの嫌いなものを食べる食べないの押し問答をしていた。アリスは眉間《みけん》に深いシワを刻んで皿をイラの方に押し返しており、イラは眉を下げて説得している。格好だけは一流だがマイ・フェア・レディには程遠く、音声が入ると育児の様であった。

どちらの会話も下手に入るといらぬ火の粉を浴びそうだと思い、幸成は必死に気配を消して、いつもは飲めない高い酒をここぞとばかりに飲み干した。

第三話

魔女と鬼

草木も眠る丑三《うしみ》つ時。

飲み屋などはまだ営業している店もあるが、大半は店仕舞いをしている。昼間は人でごった返す四条《しじょう》通りも、今では人通りも車通りもまばらだ。

「いやー、久しぶりに話してすんごい楽しかった～！　ご飯もお酒も美味《おい》しかったし超絶幸せ！」

「大学生の時は毎日会って、毎週末には一緒に飲み歩いてたのにねぇ……今や一年に一回あんたと会えるかどうかになるなんて、あの時は思ってなかった」

「私もー！　あー、帰るの嫌だなー……」

少し足取りのふわふわした女性二人が、きゃらきゃらと笑いながら四条大橋の南側の歩道を渡り、東に向かって歩いて行く。

橋の上では建物に遮られていたぬるい風が二人の長い髪の毛を揺らした。

「……カラオケでも行く？」

「行く行く！　明日《あした》休みだしオールしよ！」

「決まり～！　じゃあ河原町に戻った方がいいか、な……」

橋の途中で行く先を変えた二人が踵《きびす》を返そうとした時、自分達が歩いている歩道の先に大きな影が見えて立ち止まる。

「なにあれ。着ぐるみ？」

二人は得体の知れないものに釘付《くぎづ》けになる。

四条大橋の付近では楽器の演奏をしたり、大道芸を披露する人がよくいる。道ゆく人は物珍しさに目を奪われるものだ。

しかし、その大きな影はそういう類《たぐい》のものではなかった。

背丈は女性達の倍はあろうかと言うほど大きく、筋骨隆々な体は日焼けした直後のように真っ赤に染まっている。ごわごわとした髪は伸び放題で、額の髪の生え際あたりから二本、天に向かって角が伸びており、腰元にはボロボロになった着物の様な布が辛うじて引っかかっている。

明らかに人ではない者がゆったりと顔を上げ、髪の隙間から覗《のぞ》くぎょろりとした大きな目が、二人を捉《とら》えた。

異形はゆっくりと歩き始める。完全に二人の方へと向かっているのだが、二人は恐怖のあまり足がすくんで動けない。身を寄せ合ってガタガタと震えていた。

車道を渡り切った異形が、彼女達に手を振り上げたその刹那《せつな》、

「はいストップー！」

二人と異形の間にスーツ姿の男が滑り込み、両手で握った長い得物で鬼の手を斬りつける。鬼は咆哮《ほうこう》を上げながら男から距離を取った。

男の手に握られているのは、ゆるやかに美しい弧を描く刀だ。ポタポタと刃先から鬼の血が滴っている。

「もー、お触り禁止ですってば」

手首を返して刀についた血を落とし、再び目の前の異形に向かって正眼に構える。

男の態度はふざけたものだが、刀の扱いは手慣れており、目の前の敵から一瞬たりとも刃先を外さず、少しの隙も見せない。

「俺が三つ数えたら、向こうの交番に走れ。振り向かないで、全速力で。分かった?」

異形を見据えたまま、男は背に庇《かば》っている二人に話しかける。二人は涙目になりながら、何度も強く頷《うなず》いた。

「行くぞ。一、二、三……!」

数を三つ数えたと同時に、女性二人は後方にある交番に向かって走る。男は音もなく体を沈み込ませて刀を右足から左肩へと切り上げた。

傷口から血が吹き出し、異形がよろけるものの、みるみるうちに傷が塞《ふさ》がっていく。

男が舌打ちをし、川向こうにある南座《みなみざ》の方へ向かって声を張り上げた。

「斉藤《さいとう》!!」

南座の屋根の上では、スーツ姿の男がキリキリと弓を引き絞っている。

それに気づいた異形が顔を上げて振り返った瞬間、矢が放たれ、異形の左目に見事命中した。

しかし、ぐらりとよろけるが異形は倒れはせず、男は目を見開いてもう一度刀を構える。

異形は目に深く突き刺さった矢を力ずくで抜くと、くるりと踵を返して橋の北側へと駆けて行く。

「おいおいおい……!!」

男が慌てて追いかけるも、異形は歩道と車道を隔てる柵《さく》を薙《な》ぎ倒し、橋の欄干に足を掛けて下に飛び降りた。派手な水しぶきを上げて鴨《かも》川に着地した異形は、ものすごいスピードで北に向かって走っていく。

「斉藤！　狙えるか！」

南座の上では男の仲間が再び弓を引き絞っていたが、目標を完全に見失ってしまった様で力なく構えを解いた。

「あー……また始末書か……」

男のげんなりとしたつぶやきは、誰に聞かれることもなく闇にまぎれて消えた。

＊＊＊

爽《さわ》やかな五月を過ぎ、ジメジメとした六月が京都にもやって来た。

長く続く雨のせいで気分が重いが、仕事は構わずやってくる。その日の幸成の仕事は救急車で搬送されてきた夫婦の処置から始まった。

「藤原仁《ふじわらひとし》さんと藤原清子《きよこ》さん、京都市役所近くのホテルで意識不明の状態で発見されました。朝に部屋の掃除に入ったスタッフが消防に通報したそうです」

搬送された夫婦は外傷もなく、眠っているかのように意識だけがなかった。

「藤原さーん、病院ですよー、分かりますかー？」

二人とも呼吸もしているし、心臓も動いている。バイタルも安定しており、意識だけがない。

「先生」

首を傾げながらレントゲンやＣＴの手配をしていると、看護師が声をあげた。

「注射の痕《あと》がありますが……」

看護師が仁の右腕の肘窩《ちゅうか》に針を刺した痕を見つけた。清子の方も確認すると、同じ様に肘窩に針を刺した痕が見つかった。

「薬物の検査キット持って来て。あと採血して検査室ね」

意識が戻らない以外の異常が見られないので、とりあえずはそれぞれの検査を行いその結果待ちとなった。

結局、検査結果に大きな異常もなかったが、数日経った今も藤原夫妻の意識は戻っていない。

これからどうすべきか頭を悩ませながら、幸成は車を走らせる。

今日はメロンを頂いたので食べに来ないかとリサに誘われたので、幸成はありがたくご相伴に与《あずか》る為、フローレス邸にやって来た。

梅雨らしく朝からしとしとと雨が降っている。

インターフォンを押すとイラが応対してくれて、門の前で迎えに来るのを待っていると、横にスッと傘を差した人影が並ぶ。

「こんにちは」

「こんにちは……？」

隣に並んで来たのは黒髪でスーツを着た男だった。爽やかな笑顔で挨拶《あいさつ》をされたので、幸成は反射で挨拶を返す。

右肩に竹刀ケースをかけており、黒髪だが少し毛先を遊ばせた洒落《しゃれ》た髪型をしていた。

「お待たせしました花満先……五十嵐《いがらし》さん、またですか」

「えへ、来ちゃった」

黒髪の青年を見たイラは笑顔から一転、ウンザリとした表情を浮かべる。五十嵐と呼ばれた男は、へらりと笑って手を振る。

イラは眉間《みけん》にシワを刻み、深々とため息をつく。いつも涼やかな笑みを浮かべてなんでもそつなくこなすイラしか見てこなかったので、初めて見たイラの表情に幸成は少々驚いた。

「来る時は連絡をくださいと何度も言っていますよね？」

「だってアポ入れたら絶対居留守使うじゃん」

「あなたを敷地に入れたら十中八九面倒ごとになると分かっていて誰が入れますか」

「さっきと言ってること矛盾してね？」

五十嵐は幸成に同意を求めてくるが、同意しにくいことこの上ない。

イラと五十嵐の間に挟まれた幸成は、ただひたすらヘラヘラと笑ってこの場をやり過ごすしかなかった。


幸成は五十嵐と一緒にいつもの応接室に通され、リサが来るのを待っていた。イラがリサを呼びに行っているので、必然的に五十嵐と二人っきりで非常に気まずい。

「自己紹介、まだでしたよね」

「え、あ、まぁ……」

五十嵐はニコニコと笑って話しかけて来る。もう名前は知っているし、なんだか不穏な気配がしているので、正直言って幸成はあまり関わり合いたくなかったが自己紹介を拒否するわけにもいかない。

「五十嵐暁名《あきな》と言います。ここの近くの寺の息子でして、リサとは幼馴染《おさななじみ》とかいうやつです」

「幼馴染というより腐れ縁です」

リサが五十嵐の自己紹介に割って入った。滅多に見ないリサのしかめっつらに幸成は少し驚いた。

今日のリサは白いレース着物に、浅葱《あさぎ》色の帯に瑠璃紺《るりこん》の帯締めを締めている。初夏に着物は暑そうに思えるが、爽やかな色合わせとリサのゆったりとした所作で不思議と涼やかに見えた。

「暁名といいステラといい、京都の治安は大丈夫なのかしら」

頬に手を添えて物憂げにリサがため息を吐く。

言葉の意味がよく分からず幸成が首を傾げていると、それに気付いたリサがああ、と口を開く。

「暁名は警察官なんです。ちなみにステラとペア。ステラといい、暁名といい、こんなのが警察官なんて世も末だわ」

言葉は粗雑だが、いつも通りの綺麗《きれい》な所作でリサが座布団に座る。

「えー？　こんなイケメンを採用するなんて見る目あるじゃん」

「採用担当者、面接当日相当体調が悪かったんじゃない？」

幸成はリサの今まで見たことがないくらい辛辣《しんらつ》な態度と言葉の数々に戦々恐々として
いるが、それを向けられている当の本人の五十嵐は特に気にしていない様子だ。

早くイラが戻ってこないかとそわそわしながら待っていると、カットしたメロンをお盆に載せて戻ってきた。美しい所作でそれぞれにメロンを配る。ちゃんと五十嵐の分もある様で幸成はホッとしたのだが、

「え、俺のメロン薄くね⁉」

言われて見てみれば、確かに五十嵐の分のメロンだけ異様に薄かった。自立しているのが奇跡なくらいに薄い。

「アポなしで来られたんですから、出るだけありがたいと思ってください」

イラもイラで素っ気ない。今までどんなことをしでかしてきたんだと、幸成は五十嵐の方が恐ろしく思えてきた。

「……なんですかこの空気」

後からお茶を持ってきたアリスがこっそりと幸成に聞いてくるが、幸成もよく分かっていないので首を傾げることしかできなかった。

結局五十嵐はブゥブゥ言いながらも薄いメロンを食べていた。幸成の分のメロンはそれなりに厚みがあった。肉厚でやわらかく、口いっぱいに爽やかな甘みが広がる。間違いなく高級品だと分かるが、部屋の空気が悪過ぎて素直に美味《おい》しいと感じられない。

「で？　今日は何の用？」

リサがフォークをメロンに刺しながら五十嵐に話を振る。顔は思いっきり渋々といった感じだが。

薄いからかすでに半分以上食べていた五十嵐が、フォークを皿に置いて姿勢を正す。

「最近市内で通り魔事件が起きてるのは知ってるか？」

「ええ。毎日ニュースになっているもの」

リサはメロンを見つめたまま、そっけなく答える。

幸成もその事件については知っていた。

ここ最近、京都市内で通り魔事件が頻発しており、幸成が勤める誠倫病院にも通り魔に遭ったと思われる負傷者が何人か搬送されてきていた。

犯人はまだ捕まっておらず、市民の恐怖心は日に日に増していく一方である。

「例の誘拐事件の方もまた被害者増えただろ？　そっちもまだ犯人捕まらないしで、警察は非難の嵐真っ只中《ただなか》な訳。俺らだって一生懸命働いてるのにさぁ」

五十嵐がシクシクと泣き真似をするが、リサとイラの視線は冷たいままだ。

今年の初めから続いている乳児の誘拐事件は、報道の熱が冷めて忘れ去られそうになった頃に同様の事件が起きてまた熱心に報道されるというパターンが繰り返されている。

先日起こった直近の事件が四件目で、昼下がりのワイドショーでは、有識者を交えての犯人像の推理が定番となっていた。

警察も警察で動いてはいるのだろうが、犯人に動きを悟られない様にする為にも一般に公開される情報は限られる。事件解決へと必死に動いているのに、動いていない様に振る舞わなければならない。

しかし、こうも芝居がかった様子で言われると、素直に同情しにくい。リサやイラはもちろんのこと、幸成とアリスもリアクションに困って目を泳がせるばかりだ。

自分の泣き真似が滑っていると感じ取った五十嵐は、サッと真剣な表情に戻して何事もなかったかのように口を開く。

「でだ、その通り魔の犯人が酒呑童子《しゅてんどうじ》の可能性がある」

げんなりとした様子で五十嵐の話を聞いていたリサだったが、「酒呑童子」という言葉を聞いてがらりと雰囲気が変わった。

「……冗談でしょう」

発言の真意を探る様に、リサが目をすがめて五十嵐を見据える。

「それが冗談じゃないんだよなぁ。三日前に四条大橋で鬼に出くわした」

「その鬼を酒呑童子とする理由は？」

「首塚大明神《くびづかだいみょうじん》にある酒呑童子の首塚が暴かれたと、近隣住民からの通報があった。うちの陰陽師《おんみょうじ》が現場に向かったら、血液の様なものが撒《ま》き散らされ塚が暴かれていたそうだ。誰の血液かは不明だが、おそらく二人の人間の血液だそうだ」

深刻な様子で話がどんどん進んでいくが、幸成はまったく話について行けていなかった。

「い、イラ君」

「はい？」

近くに控えていたイラに小声で話しかけると、イラが幸成の方へ少し体を傾ける。

「酒呑童子って何？」

真剣そうなリサと五十嵐の雰囲気を邪魔しない様、なるべく小声で口元に手を当てて問いかけた。イラを挟んで反対側にいたアリスも幸成と同じく会話について行けなかった様で、少し寄って来て話に耳を傾けている。

「平安《へいあん》時代に京都で暴れまわった鬼の名前です。時の帝《みかど》から討伐の命を受けた源《みなもとの》頼光《よりみつ》という武将が、四天王と呼ばれる部下達を引き連れて退治に向かった鬼退治の話が有名ですね」

「桃太郎《ももたろう》以外にも鬼退治の話ってあるんだ……」

幸成の言葉にイラは苦笑を浮かべ、同じ立場のはずのアリスもあまりにも間抜けなコメントに冷たい目を向けてくる。

「酒呑童子を討った頼光一行は、その首を京に持ち帰ろうとしたそうです。ですが帰り道の途中、地蔵尊《じぞうそん》から忠告されたといいます。『都に不浄のものを持ち込むな』と。すると不思議なことに首が持ち上がらなくなったとか。仕方ないのでその場で酒呑童子の首を埋葬したそうです。その場所こそが酒呑童子の首塚、現在の首塚大明神だと伝えられております」

幸成のへぇーという間抜けな声が漏れるが、もはや誰も気にしていない。

「でも、鬼って日本の妖怪《ようかい》？　だよね？　魔女でも倒せるものなの？」

「それです」

三人で話していた所に、五十嵐と話していたはずのリサが五十嵐から目線を外さずに幸成を指差す。指を差された幸成は小さく飛び上がり、何かリサの気に障る発言をしてしまったのかと全身から血の気が引いた。

「鬼なら領分は陰陽師か僧侶《そうりょ》、神職でしょう。なぜ私にその話をしに来たの」

気に障った訳ではなかったと気付き、幸成はホッと胸をなでおろす。一瞬とはいえ生きた心地がしなかった。

ビクついている幸成の気持ちを察したのか、イラが苦笑を浮かべて補足してくれる。

「個々が信じている宗教にもよりますが、日本人の多くは賛美歌を聞くよりもお経や祝詞《のりと》を聞くほうが神聖な気持ちになったり、より不気味に感じたりするでしょう？　なので、日本由来のものには僧侶や陰陽師など日本に縁の深い術師を当て、西洋由来のものには神父や牧師などを当てることが定石です。ミスマッチをしても調伏できないことはないですが、圧倒的な差がないと厳しいですね。今回の場合ですと、リサの言う通り陰陽師か僧侶などを当てるのが妥当なのですが……」

意外と相性や専門性があることに驚いた。

幸成は自分が鬼になったと仮定して、確かにあまり知らない宗教のありがたいお話や歌を聞いてもピンと来ず、首を傾げるだけで終わりそうだと思った。

「いや、普通ならそうなんだけどさ、なんかおかしいんだよ」

指摘された五十嵐は、ガシガシと頭をかく。

「なにが」

「陰陽師の術が効かなかった」

リサが眉根《まゆね》を寄せる。

「通り魔が起こった場所をたどっていけば首塚大明神の近くに行き着くし、首塚が暴かれていることから警察も通り魔の犯人が鬼だと見当をつけた。だから、三日前も対鬼用の桃の弓と葦《あし》の矢を装備した後輩の陰陽師と一緒に四条界隈《かいわい》で張ってたんだよ。矢を射る前に祭文を読み上げて、放った矢も左目に当たった。だが、鬼は倒れることなく逃走した」

「その陰陽師の祭文が不十分だった可能性は？」

「ないない。俺とステラより仕事できる奴だぞ」

「そう」

胸を張って言う事ではないし、そこはツッコミを入れる所だろうと幸成は思った。だが、リサは顎《あご》に手を当てて真剣な表情で考え込んでいるので、横からくだらないことを言う隙がなかった。

「そこで、だ。リサに今回の鬼退治に協力して欲しくてだな……」

五十嵐が恐る恐るリサの方を確認しながら、今日ここへ来た本題をやっと切り出した。

しかし、リサは眉間《みけん》に深いシワを刻んで五十嵐を睨《にら》みつけている。

「府警にはステラもいるでしょう。私よりもまずそちらを頼るのが筋では？」

「いやいやいや、ステラは飛ぶことに関しては一級品だけどそれ以外はザルじゃん。知ってってそれ言うの意地悪だと俺は思うな～」

「ザルなのは府警の人を見る目だと私は思うけど」

深々とため息をつきながらボソッと呟《つぶや》いた。ステラがザルだと言うことは否定しないリサである。

脇息《きょうそく》にもたれかかったダラリとした姿勢のまま、リサは指を五本立てた。それを見た五十嵐はげっ、と顔を歪《ゆが》める。

「高すぎだろ⁉　俺を破産させる気か⁉」

「どうせ私が捕まえたらあんたの手柄になるんだからこれくらい当たり前よ。出世払いでもいいわよ」

「そんなガチな出世払い聞いたことないんですけど！」

気心知れた仲だからこそできる豪速球のやりとり。一体五本の指の後ろにどれだけのゼロが付くのか気になる所だが、そんな疑問を口に出せる様な雰囲気ではない。

「嫌なら他を当たりなさいな。金払いの悪い客に時間を割けるほど私は暇じゃないのよ」

ものすごく上から目線で言われても、五十嵐は頭を抱えるだけで断りはしない。

「……よろしくお願いいたします」

五十嵐は頭を抱えたまま唸《うな》り声を上げていたが、やがてノロノロと座布団から降りて三つ指をついた。

絞り出す様な懇願の言葉に、リサは深いため息で答えた。

「早く手を出しなさい」

リサは着物の袂《たもと》に手を入れて何かを取り出す。

出て来たのは菖蒲《あやめ》の花だ。

リサが無言で花を持った手を差し出すと、五十嵐は嫌そうな表情を浮かべながらリサの方ににじりよる。そして勝手知ったるなんとやらで、渋々花の上に手をかざすと、由紀子の時と同じ様に花に白い光が灯《とも》る。

「我、リサ・フローレスは五十嵐暁名と約定を交わし、これを違《たが》えず果たすとここに誓う」

白い光は花全体に広がった瞬間、パッと弾《はじ》けて互いの左手の人差し指に輪を作る。

リサと五十嵐は眉間にシワを寄せ、心底嫌そうな表情で指輪を見つめていた。

フローレス邸でのメロン会から数日後の夜、幸成の勤務先に患者が運び込まれた。

「こりゃあ一体どういう状況だ」

休憩から処置室に戻って来た先輩医師の水瀬が運び込まれた患者を見て声を上げる。後ろから付いて来ていた幸成も、一瞬息を呑《の》んだ。

運び込まれた二十代くらいの女性は腹部に大きな咬傷《こうしょう》があり、衣服にはドス黒い血が大量に染み込んでいた。顔にも大きな爪痕《つめあと》の様なものが生々しい。まるで獣に襲われた様である。

「山で熊に襲われたとか？」

患者はシャツワンピースにパンプスという服装で、到底山登りに行ったとは思えない。

「患者は橋下果歩《はしもとかほ》さん。顔と腹部から出血している所を通行人が発見し、搬送されました。発見されたのは鴨川デルタだそうです」

鴨川デルタは下鴨《しもがも》神社の南にある、高野《たかの》川と賀茂《かも》川が合流する三角州だ。繁華街に近く、親子連れや大学生がよく川遊びをしている穏やかな場所である。山からも遠く、そんな場所で熊や大きな獣が出たという話は今まで聞いたことがない。

「ん？」

幸成が救急隊員の報告に耳を傾けながら腹部の傷の確認をしていると、黒くうねった筋の様な物が何本か見えた。グローブを着けた手でそれをそっとつまむ。

「髪、か……？」

患者の髪も長いが、茶髪の直毛だ。彼女のものではない。

「とりあえず傷口洗浄して」

水瀬からの指示が飛んで来て、幸成は近くにいた看護師に髪を保存しておくように頼み、処置に入った。

所持していた学生証から患者の名前が橋下果歩、と判明したそうで、学生証は京都の大学のものだったらしい。連絡を取った両親は関東に住んでおり、明日《あした》朝一の新幹線で京都に来るとのことだった。

予断を許さない状況だが処置も無事終わり、状態も安定したので幸成は休憩室で食べ損ねた夕飯を食べることにする。

「はー……お腹空《す》いた……」

幸成が買い置きしていたサラダチキンをもさもさと貪《むさぼ》りながら、次は何を食べようか考えているとポケットのPHSが鳴った。

「……はい」

『花満先生！　橋下さんが意識を取り戻したんですけど、暴れていて……！』

「すぐいきまふ」

電話が掛かってきた時点でなんとなく呼び出されることは分かっていたので、電話の途中で残ったサラダチキンを全部口に押し込む。

看護師が掛けてきた電話の向こうでは誰かが金切り声を上げていた。急いでICUにやって来ると、果歩が大きな声をあげながらベッドで暴れているのを看護師たちが押さえていた。

「食べないで……!! いやだいやだいやだ……!!」

「橋下さーん、医師の花満ですー。どうされましたかー?」

相手を刺激しない様に間延びした口調で話しかけるが、果歩は暴れるのを止めない。

このままではせっかく処置した傷が開いてしまう。とにかく落ち着かせようと力加減に注意しながら、果歩の体を押さえようとした瞬間、果歩が悲鳴のような声をあげる。

「いやだ、来ないで……!! 鬼が……!!」

果歩の発した言葉に、その場にいた全員が固まった。


翌日、幸成が出勤してきた上司に確認を取ってリサと五十嵐に連絡を入れると、その日の昼前には五十嵐とステラが一緒にICUの前にやって来た。

「よー花満せんせ! ワルプルギス以来だな!」

「お、お久しぶりです」

ニコニコと満面の笑みでステラが右手を振る。左手に握られている箒《ほうき》は、リサのものよりもほっそりとしたフォルムで、車で言うスポーツカーの様な印象を受けた。

ステラはワルプルギスの時と同じ黒のスーツを着ていた。やはりあの夜は普段着で来ていたらしい。ステラの容姿が常人離れしているので誤魔化せていたが、一般人だったら完全にアウトだったと思われる。

「来年のワルプルギスは私と先生で一芸でも披露すっか！　リサとマリアはすまし顔でつまんねぇから、私らであのシケた宴会ぶっ壊すぞ！」

「あはは……」

　バシバシと強めに背中を叩《たた》かれ、苦笑いでごまかす。

　出会った瞬間からベロベロに酔っ払っていたのにまさか覚えているとは思わず、幸成は面食らった。それに飲んでいる時とテンションが変わらないので、まさか酒をひっかけて来ているのかと怪しんで鼻をひくつかせてみるが、アルコールの匂いはしなかった。

「花満先生、ご連絡ありがとうございます」

　五十嵐が軽く頭を下げる。

「いえいえ。リサさんももうそろそろ到着すると思います」

「こちらから連絡するのは正直怖いので、本当にありがたいです……」

　両手を合わせてひたすら五十嵐に拝まれた。

　先日初めて会った時はふざけている印象しか残らなかったが、ステラが横にいると五十嵐がまともに見えてしまう。ステラの存在は実に偉大である。

「鬼が関係しているかもしれないということで、今うちの陰陽科《おんみようか》の先生に診ていただいてます」

「なにからなにまで本当に助かります……！」

そして更に拝まれてしまった。

「なんだなんだ五十嵐。そんなに拝むのが好きだったら私のことも拝んでいいんだぞ」

「そもそもステラが今回の件に対応できたらリサに頼まなくて済んだし、俺も花満先生拝まなくて済んだの！」

「誰しも得手不得手はあるもんだろ？　お前がヤベェ時はすっ飛んでってやるからさ！」

「すっ飛んで来た所でなんもできねぇだろ⁉」

「あの、ここ病院なのでお静かにお願いします」

ヒートアップして来た二人を止めに入った所でICUから竹之内が出て来た。

「えらい賑《にぎ》やかやなぁ、花満先生。まるで宴会みたいやわ」

「あはははははははすみません竹之内先生！　ありがとうございますー！」

相変わらず竹之内は息をするように笑顔で嫌味を言ってくる。ただでさえ幸成は竹之内によく思われていないので、幸成の関係者というだけで二人に火の粉が飛んではと、乾いた笑いで遮る。

さすがの五十嵐とステラもよろしくない雰囲気を感じ取ったのか、一旦《いったん》口を引き結んで押し黙った。

「どしたん花満先生。元気過ぎて患者さんびっくりしはるで」

「す、すみません」

慌てるあまり声量が調整できていなかったのは確かなので、幸成は素直に謝った。

「そっち、警察の方？」

「あ、はい」

竹之内は白衣のポケットに突っ込んでいた手を出して、五十嵐とステラに向き合う。

「誠倫病院、陰陽科の医師で竹之内と申します」

「京都府警の五十嵐です」

「同じく京都府警のウォーカーです」

五十嵐もステラも目つきと姿勢がまず違う。今までのあれはなんだったんだと思うほどの変わり様だ。

「あれは間違いなく鬼の仕業です。花満先生が見つけた髪の毛、あれがええ証拠になりました」

ほれ、と竹之内が先ほど看護師に保存する様に頼んだ、一本の髪の毛が入った袋をポケットから取り出した。

「そちらも鬼の特定に髪使わはるやろ？　証拠品にもなるやろし、これどうぞ」

竹之内がステラに渡そうとするが、ステラは袋を見つめたまま受け取ろうともしない。

五十嵐も横からその状況を見つめるだけで受け取ろうとしない。

妙な空気に気付いた竹之内が訝《いぶか》しんで眉《まゆ》を顰《ひそ》める。

「……あのー、もし、もしよろしければなんですけれどぉ、竹之内先生に鬼の特定をお願いできたりとか、できないですかねぇ？」

ちょっと俯《うつむ》きながら上目遣いで竹之内を見つめ、五十嵐はとんでもないことを言い始めた。そこそこ上背のある成人男性が成人男性相手にモジモジと上目遣いで話しかけるのもちょっと絵面的に厳しいし、扱いが院内でも特別面倒臭い竹之内に頼み事など恐ろしい以外のなにものでもない。幸成はひゅっと心臓が口から飛び出そうになった。

「……は？」

竹之内はなんとか笑顔を保っているものの、腹の底が凍る様な声音で周囲を一瞬で北極圏に変えてしまった。

「ひっじょーに申し上げにくいんですけど、うち今人手不足でして……優秀な陰陽師も出払っていて、できるなら外部の陰陽師に協力をお願いしたくてですね」

竹之内は極寒の空気を発して誰にも分かりやすく拒絶しているのだが、五十嵐はそれがわかっているのかいないのか、そのまま自分の要望をツラツラと述べていく。

リサに外注をした上で陰陽師も外注するとか府警大丈夫か、と幸成は横から猛烈にツッコミを入れたかったが、いらぬ火の粉を浴びたくなかったので壁に張り付いて精一杯気配を殺している。

「お言葉ですけど」

饒舌《じょうぜつ》な五十嵐の言葉を、竹之内がスッパリと切れ味よく断ち切る。五十嵐も流石に不穏な気配を察したらしく黙った。

「うちの病院の陰陽科の医師は僕だけや。救急や他の科に患者押し付けられて、人手が足らへんのはうちも同じ。毎日毎日てんてこ舞いやのに、これ以上他の仕事なんてとてもとても出来やしません。警察官とはいえ突然来られた見ず知らずの方のお手伝いできる時間なんてありませんわ」

五十嵐のついでに幸成もブッスリと刺される。

「それに、何処の馬の骨とも知れん人間に大事なお仕事を頼もうなんて、どないなん?」

もっともすぎる言葉に、当事者でない幸成もなんともいえない気持ちになった。

会ってすぐの女性に好きですは百歩譲ってまだありだと思うが、会ってすぐの人にこの仕事お願いしたいんですけど！　はちょっと大丈夫かと思うし、実際幸成も思った。

警察、それで大丈夫なのか。

幸成はリサの言っていた「暁名といいステラといい、京都の治安は大丈夫なのかしら」という言葉を思い出し、今更ながらに高速で心の中で頷《うなず》く。

「すみません、遅くなりました」

混沌《こんとん》を極めた現場に、リサがやって来た。箒を片手に、魚姿のイラがふよふよとリサの周りに浮いている。今日のリサは薄紅の牡丹《ぼたん》を描いた夏着物に、黒地の帯を締めていた。

一瞬で場の面倒臭そうな雰囲気に気付いたらしいリサは、いち早く笑みで顔を固める。竹之内がいるので対外を意識しての事だろう。

「花満先生」

「ひゃい」

「簡潔に、今の状況を説明してくださいますか」

消去法で幸成が状況説明に選ばれたのだろうが、なんとも責任の重い役である。

「……五十嵐さんが、今府警は人手不足だから、うちの陰陽科の竹之内先生に鬼の特定を手伝ってもらえないかとお願いしてました」

下手に庇《かば》うと他から苦情が出そうだったので、幸成は正直にリサに告げた。

ニコニコと笑いながら、リサは五十嵐の方に向いて口を開く。

「あなた本当に馬鹿なの？」

一ミリもブレない笑顔で言っているので余計に恐ろしい。

「いやー、本当うち人手不足なんだって。竹之内先生、仕事も早そうだし、ワンチャン手伝ってくれたら嬉《うれ》しいな～って……」

「自分のところの仕事は自分でやりなさい。ただでさえ私に依頼しているのに、これ以上他に甘えようとするなんて情けなさすぎる」

最早《もはや》ただの説教だ。顔だけ笑顔なのが余計に恐ろしい。五十嵐は慣れているのかヘラヘラと笑っており、リサの説教はあまり効いていないように思われた。

「申し訳ありません、リサ・シラハセ・フローレスと申します。この人から依頼されて、魔女として今回の案件に携わっております」

リサが自己紹介をすると、竹之内は少し目を見開いた。

「シラハセ、ってもしかしてあの、白波瀬小夜《しらはせさよ》の関係者？」

「白波瀬小夜は私の母です」

竹之内は大きく目を見開いて手で口を押さえた。

洋画の映画なら字幕で「ジーザス……」と出て来そうな表情である。

「この人に頼まはったら一石二鳥やん」

先ほどまでの険悪な雰囲気が一変して、竹之内は目を丸くしたまま五十嵐の方を向いて言い放った。

「白波瀬小夜の娘さんいうことは陰陽道《おんみょうどう》もかじってはるやろ。魔術と陰陽道の両刀使いなら、ある程度の鬼には太刀打ちできるんとちがうん」

リサはクスクスと笑って首をゆるく左右に振った。

「それが情けないことに陰陽道の才能は皆無でして」

「なにを言うたはるんや。あんた、白波瀬小夜の娘いうことは蘭堂《らんどう》の血縁やろ。それで才能がないとか」

「だって私は魔女ですもの」

珍しく饒舌に話す竹之内の言葉を、リサが鉄壁の笑みを浮かべたままやんわりと切った。

はじめて竹之内が押し切られたのを見て、幸成は面食らう。

普段の竹之内なら、自分の言葉を遮られたり言い返されたりしたら怒濤《どとう》の嫌味の反撃を浴びせる所だ。しかし天変地異の前触れかなんなのか、竹之内は大人しく引き下がり、あろうことかリサの言葉に同調した。

「残念やったな、五十嵐さん。陰陽師探し、おきばりやす」

竹之内はこの場を後にする。

「ああ~せっかくの逸材だったのに……陰陽師で竹之内って名家中の名家じゃん。しかも医者とか」

「外部のプロを頼るのもいいけど、それだと組織内の力がいつまで経っても育たないわよ」

「分かってるけどさー」

病院の廊下を颯爽《さっそう》と歩いて行く竹之内の後ろ姿を、五十嵐は恨めしそうに見つめながらつぶやく。

「竹之内先生の言う通り、リサが魔女で陰陽師だったら超ラクなのに」

「そんな面倒な立場絶対嫌よ。どっちも都合がいい時だけすり寄ってくるのが目に見えてる」

「一理あるな」

幸成は先ほどの会話の内容を頭の中で整理しながら、テンポよく交わされる会話の様子を眺めていた。

「どした先生、一時停止中か？」

ステラが幸成の顔の前で手を振る。幸成は目の前で為される会話の中にある聞いたことのない情報をなんとか整理しようとしたが、どうにも基本的な情報がなさすぎてちんぷんかんぷんだった。

「いや、サヨさんとかランドーさんとか知らない言葉が出て来たので、どういう意味かと思って……サヨさんがリサさんのお母さんだというのは分かったんですけど」

「えっ、先生リサとつるんでて白波瀬小夜知らないの……？　マジ……？」

両手で口元を隠し、ドン引きしたポーズを取るステラ。幸成の中で非常識人枠だったステラにドン引きされるのは少々傷ついたが、知らないものは知らないのだから仕方ない。

「白波瀬小夜は凄腕《すごうで》のフリーランスの陰陽師でリサの母さんだよ。蘭堂は小夜さんの実家で、竹之内と並ぶ陰陽師の名家の一つな」

「え、でも白波瀬って」

「母は蘭堂の家と折り合いが悪かったので、高校進学と同時に蘭堂と縁を切り、母方の祖父、私には曾祖父《そうそふ》に当たる人の養子になったんです。なので、母の名字は蘭堂ではなく白波瀬なんです」

幸成の問いに、リサが苦笑をしながら答える。

「すみません、ご家庭の事情を勝手に……」

「いえいえ。お恥ずかしながら有名な話なので大丈夫ですよ。魔法界や陰陽界ならほとんどの人がご存知のことなので」

そんなに有名な人なのか、と幸成はさらに面食らった。

「陰陽師の業界はまだまだ男社会ですし、古い家は特にその傾向が強いんです。蘭堂の家はいくら母に才能があると分かっていても、陰陽師になることを反対しました。母が陰陽師になれば、他家の陰陽師どころか蘭堂の陰陽師の上に立ってしまいかねなかったので」

「現状は蘭堂を飛び出してフリーランスの陰陽師になり、上に立つどころか蹴散《けち》らして、もはや現代陰陽師の一強だぞ」

遠い目をした五十嵐が注釈を入れた。

偉大な魔女の祖母に、偉大な陰陽師の母。

以前のワルプルギスでは、母親が陰陽師であることを理由に中途半端だと言われていた。逆の環境でも同じようなことが起こるのかと考えると、幸成はなんだかいたたまれない気持ちになった。

光が強ければ強いほど、影は濃くなる。身内に天才が二人もいると気苦労が絶えないことは、五十嵐と竹之内の言動からよく分かった。

「蘭堂と竹之内、明梅《あけうめ》と菊宮《きくみや》が陰陽師界隈《かいわい》の四大名家。あの先生は正真正銘のエリートだし、実力は折り紙つきだ。あんなイヤミ～な奴だけど、それなりに苦労もしてるのかもな」

「……京都ってそこら中に名家出身の人がいらっしゃるんですねぇ」

陰陽師界隈のドロドロした話の後の感想にしてはえらくのんびりしていた様で、幸成のつぶやきを聞いた三人は数拍置いてぶっと吹き出した。

「ふぉにひひまふ？」

焼きたてのクロワッサンを頰張りながら、幸成はリサから聞いた言葉を反芻《はんすう》した。

当直も終わり、幸成はリサと一緒に誠倫病院近くのカフェにやって来て、少し早い昼食を食べていた。

「はい。鬼切丸《おにきりまる》です」

サラダを食べながら、リサが幸成の言葉に頷《うなず》いた。イラは魚姿のまま、リサの隣の席で丸くなって眠っている。体調が悪いのかと聞けば、魔力を温存しているとのことだった。

「北野天満宮《きたのてんまんぐう》に奉納されている、鬼退治の逸話を持つ刀です。酒呑童子の退治といえば童子切安綱《どうじぎりやすつな》ですが、童子切は東京の博物館に所蔵されていて借りに行くのが大変なので、同じ鬼退治の逸話を持つ鬼切丸をお借りしようという話になっているそうです」

童子切安綱、と聞いても幸成にはちんぷんかんぷんだった。どこからどこまでが名字で名前なんだ？　と思っているし、五分後に聞かれても答えられる自信がない。

「鬼を倒す為には物理的な力と、霊的な力の両方が必要になります。霊力がなければ相手の霊力を断ち切ることが出来ず、何度でも復活してしまいます」

鬼は節分で追い払うくらいの知識しかなかった幸成は、リサの言葉を聞いて首を傾げる。

「五十嵐さんってお寺の息子さんなんですよね？　お寺関係の人ってそういう力持ってそうですけど、無理なんですか？」

「暁名はそういう力は持っていないので無理です。暁名の唯一にして最大の長所は近接戦闘のセンスです。それで府警の採用試験も一点突破しましたし。陰陽師の術が効かなかったそうですが、霊験あらたかな刀を暁名が持てば、鬼退治は可能です。そこらへんの術師を当てるよりも、勝率は高いでしょう」

ぱっと見たところ五十嵐の体形はあまり武闘派には見えなかったので、人は見かけによらないなぁと幸成は思った。

「なるほど……でも、そんなすごそうな刀ってすぐ借りられるものなんですか？」

「北野天満宮には思いっきり渋られているそうです」

てっきり借りられる前提の話かと思っていた幸成は、思わずずっこけそうになった。

「唯一無二の神社の宝ですし、細心の注意を払うとは言っても戦闘になる以上折れる可能性はあります。私が天満宮の職員の立場なら、絶対警察に貸し出しなんてしません」

今自分たちがやっていることを、リサはさらりと全否定した。

そんなに絶望的なら他の策を考えた方がいいのでは……と幸成は思うが、何か考えがあってのことなのだろう。

「警察は花満先生が採取して下さった髪の毛が、首塚大明神に残っている霊力と合致するかの検証をしています。それが合致すれば今回の都を騒がせている鬼が、何者かによって復活させられた酒呑童子だと断定できる。伝説の鬼が人を傷つけて暴れまわっているとなれば、天満宮の関係者も黙っていられないでしょう」

警察と世間の目と神社の宝の間に挟まれる神社側の人間に、幸成は深く同情する。

「私ならどうなろうと大切なものを他者に貸し出すことはしませんが、彼らは私ではありません。神に仕え、人の世を思う方達です。被害者が増えてきた今、彼らは知らない振りができない」

人の弱いところや優しさを見透かしてうっすらと笑みを浮かべながら話す彼女の姿は、まさしく魔女だ。

「リサさんも人の為を思って動いていると思いますけど……」

今度はふかふかのブリオッシュを頬張りながら遠慮がちに言う幸成を、リサが目を丸くして見つめる。

「花満先生は本当に善《い》い人ですねぇ」

言葉としては褒められているが、どうにも褒められている様には感じられない。最近竹之内の嫌味を聞きすぎたせいだろうか、と幸成は乾いた笑みを浮かべてやり過ごした。


翌日、幸成は病院に出勤して諸々《もろもろ》の業務をこなしていた。

休憩中、スマホにリサからの着信が入っていたので昼食を食べながら掛け直す。

『もしもし』

「もしもし、花満です。お電話出られなくてすみません」

『いえいえ、とんでもないです。こちらこそお仕事中にすみません。橋下さんを襲った鬼が酒呑童子であると断定されました。北野天満宮もこれを受けて警察へ鬼切丸の貸与を決めたそうです』

「おおー」

良かったことには良かったが、神社職員の方達の心労はいかばかりか、と幸成は思ってしまった。

『橋下さんから何かお話聞けましたか』

「あの日はサークルの飲み会の帰り道で鬼に襲われたそうです。襲った犯人が自分の背丈を軽く超える大男で、額から角が生えていたこと、絵本で見た鬼にそっくりだったことから鬼と思ったと言っていました」

橋下果歩の両親は昨日の昼に到着した様で、両親揃って献身的に娘の看病をしている。果歩も搬送された当日よりは落ち着いているが、未《いま》だ何かに怯《おび》えている様子だった。

また何かあれば連絡を入れるということで電話を切り、昼食も無事平らげて仕事に戻る。

幸成が救急に戻ってきてすぐにホットラインが鳴った。

「はい、こちら誠倫救急」

電話に出た水瀬が患者の状態を聞いてメモを取る。

「分かりました。うちに運んでください」

この一言で、現場の緊張感が増した。

「二十代男性、鬼と思われる異形に襲われて重症。今から五分後に来るよー」

平然と告げられた言葉にざわつく。幸成以外の者は「鬼」という単語に驚いているのだろうが、幸成は「鬼」の他に「二十代男性」という単語に驚いた。もしかしたら、運ばれて来るのは五十嵐かもしれない。

受け入れの準備を整え、外で救急車を待っているとだんだんとサイレンの音が近付いて来る。

救急車が病院の敷地内に入るとサイレンの音が消え、滑る様に待ち構えている病院関係者の前にとまる。

バックドアが開き、ストレッチャーと救急隊員と一緒に付添い人が飛び降りて来る。

その付添い人は、五十嵐だった。

「五十嵐さん!」

名前を呼ばれた五十嵐は、幸成の声に弾《はじ》かれたように顔を上げ、苦虫を嚙み潰したような表情を浮かべる。

「鬼に襲われたと聞きましたが……」

「市内を巡回していたんだが、鬼に出くわしてやられた。こいつは俺の後輩の陰陽師《おんみようじ》だ」

救急車から降りて来た五十嵐は血塗《ちまみ》れで、右手には鞘《さや》に納めた日本刀を持っている。

五十嵐自身も負傷をしている様で、スーツも所々破けて血が滲《にじ》んでいた。

ストレッチャーに乗せられている患者は腹から出血しているようで、救急隊員が大量のガーゼを押し当てて止血をしている。

一瞬で患者を大勢の医師と看護師が取り囲み、掛け声をかけて処置台へと移す。ガーゼをそっと剝《は》がして傷を確認すると、傷口から腸が見えた。

すぐさまルートを取り、点滴を入れる。水瀬が指示を出しながら各所に連絡を取っていた。

初めて本物の日本刀を見たが、五十嵐が竹刀ケースに入れて背負っていたのはおそらくあれだろう。

武器を持った近接戦闘のプロでさえ傷を負うほどの相手。一般市民が遭遇すればひとたまりもない。

「相原さん、竹之内先生に連絡お願いできますか」

「はい」

相原は強く頷《うなず》いて胸ポケットに入れていたPHSを引っ張り出す。

度重なる呼び出しに竹之内からきつい嫌味の一つや二つは飛んで来そうだ。相原に対して申し訳ない気持ちになるが、今は自分にしかできないことがある。

嫌な顔一つせず仕事を引き受けてくれた相原に心の中で感謝し、幸成は目の前の患者に集中した。


「ほんま、救急は毎日お忙しくて羨《うらや》ましいわぁ」

「いや、あの、ほんと、いつもすみません……」

表面上はにこやかな竹之内に、幸成はただひたすら謝罪の言葉を繰り返して頭を下げる。

竹之内の言葉は、字面だけだと特に何も思わないのだが、喋《しゃべ》るニュアンスが違うとものすごく刺々《とげとげ》しい嫌味に変わる。面と向かって罵声《ばせい》を浴びせられるよりも精神的に参る。

あの後緊急手術を行い、容態が安定した後に竹之内に傷口を清めてもらって患者は一命をとりとめた。

なんだかんだ嫌味は言いつつも、自分に任された仕事は期待以上にこなしてくれる。だからこそ、いざという時頼りにしてしまって嫌味を散々言われるわけだが。

幸成は竹之内に言われたことを五十嵐に伝える為、処置室の方へと向かった。

「失礼します」

五十嵐はボロボロになったワイシャツを脱いで上半身裸でベッドの上に横たわり処置を受けている。彼の後輩よりは軽症だが、鋭い牙《きば》か爪で抉《えぐ》られた傷は深く、痛々しい。

五十嵐は体を起こして、思い詰めた表情で幸成を見つめた。ギリギリ傷を縫い終わったところだったようで、処置していた医師は慌てて針と糸を持った手を五十嵐から遠ざける。

「後輩さん、なんとか一命を取り留めましたよ」

幸成の言葉を聞くと、張り詰めていた五十嵐の表情が一気に緩み、深々と腹の底からため息を吐いた。

「本当にありがとうございました」

「いえ、俺は何も大したことはしていませんから」

着ていたワイシャツはボロボロで血も滲んでいるので、五十嵐はとりあえず看護師が用意してくれた患者用の服を羽織った。下はスラックスのままなので、ものすごくチグハグだが仕方あるまい。

「完全に油断していました。俺の落ち度です……」

五十嵐は両手で顔を覆って、懺悔《ざんげ》する様に頭を下げた。

会って間もないが、おちゃらけた言動をしている五十嵐しか見たことがなかったので、五十嵐の落ち込んでいる様子に幸成はただただ驚く。

「でも、他に犠牲者は出なかったと聞きました。五十嵐さん達が頑張ってくれたおかげでしょう？」

今回、酒呑童子は京都市の北にある北大路橋《きたおおじ》に出現した。元々人通りの多い場所だが、昼日中ということもあって大変な騒ぎになったらしい。

昼間に鬼が現れたことは大きなニュースとなり、今はどこの報道番組も鬼の事件を取り上げている。鬼に遭遇した一般人へのインタビューで「警察官が結界を張って守ってくれた。でも、その結界が破られて、私達を守ろうとした警察官が鬼に襲われた」と証言していた。

五十嵐と後輩の陰陽師の斉藤は今までの出没地点から酒呑童子が川の近くに現れると予測を立て、パトロールをしていたことが功を奏し、いち早く現場に駆けつけて迅速に一般市民を避難させることができた。その途中で鬼に結界を破られ、斉藤が怪我をした。

やはり陰陽師の術が効かないらしい。

「このまま鬼が現れるのを待っていたら、犠牲者が増える一方です。いつか人死にも出かねない。天満宮から鬼切丸の借り受けも決定しましたし、次はこちらから攻めて討ち取ります」

先程までの打ちひしがれていた様子は何処へやら。目の奥に闘志をみなぎらせ、五十嵐は立ち上がる。

彼は正しく満身創痍《そうい》だが、普段通り振る舞っていて幸成はそちらの方に驚く。麻酔の力もあるだろうが、それを差し引いてもすごい。

リサが言っていた通り、有事の戦闘員として五十嵐はかなり優秀な部類らしい。

ベッドの横に立て掛けてある日本刀を、幸成はチラリと見る。刀なんて博物館くらいでしか見たことがなく、病院の風景から激しく浮いていた。

「すみません、怖いですよね」

そう言って五十嵐は刀を引き寄せて手に取る。

「いいえ、こんなに近くで見るのは初めてなので……いつも背負っていたのって、それですか？」

「はい。さすがにこれをそのまま持ち歩くと警察官といえど警察に通報されまくるので」

「確かに……」

しげしげと幸成は五十嵐の刀を見つめる。

幼い頃、幸成は祖父と見ていた時代劇で役者が軽々と刀を扱っているのを見て、自分でもできそうな気がした。そして幼い幸成少年は学校の掃除中に箒《ほうき》でチャンバラごっこをして見事窓ガラスを割った。教師と両親にしこたま怒られたのは言うまでもない。幼かったとはいえ箒ですらまともに扱えなかったのに、それより遥《はる》かに重い鋼を片手で扱うなんて幸成には考えられなかった。

今更ながら生きている世界がお互い全く違うんだなと感じさせられる。

「その刀で鬼は倒せないんですか？」

「こいつも名刀ですが、新しい刀なのでこいつ自身の霊力は弱いんです。霊力を持たない俺では無理ですね。そこそこの異形なら切れるんですが、鬼はさすがに無理です」

やはり鬼切丸の存在は特別らしい。

もっと早く鬼切丸を借りることができていれば、被害は最小限に抑えられたかもしれない。今となっては後の祭りだが。

「失礼しゃーす」

声が掛かると同時にガラッと勢いよくドアが開けられる。

言わずもがな犯人はステラだ。箒を肩に担いで部屋に入ってくる。ステラの後ろでリサがあーあ、と言いたげな表情を浮かべていた。

リサは紫の布に包まれた長細いものを両手で抱えている。おそらく鬼切丸だろう。

今日は無地の鉄紺色の着物に鈍《にび》色の袴《はかま》を合わせ、帯に華奢《きゃしゃ》な扇子を挿している。いつもは複雑そうなアレンジで結い上げている髪はキュッとお団子にしてまとめ、足元は編み上げブーツで、動きやすさを重視したコーディネートだった。

いつものリサの雰囲気と違っていて、緊張した空気を肌で感じる。

「いや、お前声掛けるなら返事聞いた後で開けろよ」

その場にいた全員が言いたかったことを五十嵐が言った。

「開けても別に隠すもんねぇだろ」

しかしステラはどこ吹く風である。ステラ以外の全員が心の中で深々とため息をついたのは言うまでもない。

「斉藤は？」

「先生方のお陰で一命は取り留めた」

「そりゃ僥倖《ぎょうこう》」

「この後包囲網を敷くぞ。ステラはこのまますぐ出られるか？」

「おうよ。見つけ次第連絡入れるわ。リサ、後は頼んだぞ」

「はいはい」

ヒラヒラと手を振ってステラは部屋から出て行った。

「えっ、今から？　今からって言いました……？　って何してるんですか？」

颯爽《さっそう》と去っていくステラの背中を見ていた幸成が振り返ると、五十嵐がリサが持ってきたワイシャツに着替えていた。

「やだ、人の着替えを見るなんて、先生ったらすけべ」

「いや、隠れる気ゼロの人が何を……じゃなくてですね！　五十嵐さんも怪我人なんです。少なくとも今日中は安静にして下さい」

「骨も折れてないし腱《けん》も切れてないから大丈夫大丈夫。先生は心配性ですねぇ」

さっきまで傷を縫われていた人の言う事ではない。

「花満先生、暁名にとってこの程度の傷はかすり傷ですので大丈夫ですよ」

ピンピンしている五十嵐をリサは呆《あき》れた表情で見下ろす。シャツのボタンを留めながら、五十嵐はへへ、と照れ臭そうに笑う。

「リサ、鬼切丸を」

五十嵐はシャツを着て裾《すそ》をズボンに入れ、立ち上がった。リサが布を取り払い、姿を現した鬼切丸を差し出す。

「さて、早速リベンジ戦と行きますか」

「ちょっと待って下さい」

幸成は顔の高さに手を挙げた。

「俺も同行します」

日勤が終わった後、基本的な医療器具を詰め込んだメディカルバッグを持って、幸成は京都市の北にある上賀茂《かみがも》神社にやって来た。

今までの鬼の出没は京都市内の川の近く。それを踏まえ、川の近くで北大路より北側に警備範囲を絞った。

神社の駐車場には何台も警察関係者の車両が並んでいる。五十嵐とステラ以外にも十人ほどの警察官がいて、五十嵐の様に刀を帯びている者もいた。ここが今晩の作戦の本拠地となるらしい。

幸成は服装をどうするか迷ったが、結局病院のスクラブを着て来た。

「ここなら安全だと思いますが、万が一何かあったらイラが対応しますので先生は自分の身の安全第一で行動して下さい」

「はい……」

魚姿のイラは幸成の首元にふよふよと浮かんでいる。

水色と白の大型輸送車の中で、大きな荷物を膝《ひざ》に抱えて幸成は小さく頷《うなず》いた。普通のバスとは違い、座席は向かい合う形になっている。

幸成を輸送車まで連れて来たリサは、運転席に座っている警察官に声を掛けると外に出て行ってしまった。

ステラは上空からの偵察をしているので、リサと五十嵐がペアを組むことになったらしい。リサが車の外で待っていた五十嵐と並んで鳥居の外へと出て行くのが窓から見えた。

今日集まった人員の中で幸成だけが非戦闘員だ。

見えるところに武器を持っていないリサが戦闘員なのかどうかは未《いま》だに分からないが、警察官達と打ち合わせを行っている姿を見ている限り、何かしらの対抗策はあると思われる。

雨は止んでいるが、夜でも分かるほどどんよりと雲が空を覆っているせいかとても蒸し暑い。風呂《ふろ》の中にいるのかと思うほど息がしにくく、幸成は無意識に息を深く吐き出した。

「花満先生緊張してますか?」

イラの指摘に幸成がギクリと肩を跳ねさせる。誤魔化したとしてもイラは気付くと思われ、幸成はすぐに口を割った。

「ちょっとだけ……他の先生も看護師さんもいないし」

勢いだけでついて来てしまったが、ここにはいつもなら頼れる先輩医師も、ベテランの看護師もいない。幸成の限界がこの現場の限界に直結すると考えると、少々気が重くなった。

「それに、鬼がどこかにいると思うと、こう、ゾンビ映画とかみたいな気分になるというか」

今日は月も出ていないので、光が届いていないところが多い。

それに上賀茂神社の境内は広く、参拝時間を過ぎた今は暗闇の中でしんと静まり返っている。境内の森も手入れされているとはいえ、広大すぎる故に光が届かないのでどことなく不気味だ。

「鬼がいつ来るかについては、ステラさんがすぐ見つけてくださるので大丈夫ですよ。こういう時のあの方は異様に勘が鋭いですから」

「リサさんは大丈夫なのか？　あんまり武闘派には見えないけど」

「武闘派ではありませんが、基本的なことは学んでおりますのでご心配には及びませんよ」

「あの人に苦手なことってないのか……？」

怖いものや苦手なものが未だに多い幸成からすれば、リサはまるで少年漫画の主人公のようだと思った。

それから一時間弱は特に動きがなく、幸成はイラととりとめのない雑談をしていたのだが、事態は突然動き出した。

『おーい、鬼見つけたぞ』

無線に少しのノイズと一緒にステラの呑気《のんき》な声が入る。

『こっちは現在深泥池《みぞろがいけ》上空。あ、山の方に入った』

幸成は指先から血の気が引くのが分かった。

一人きりで対処しなければならないという緊張と、得体の知れないものが闇夜に乗じて近づいてくるかも知れないという恐怖が幸成の全身を支配している。

それからしばらくは特に何の動きも無く、事務的に送られる無線を聞いていただけだった。ステラの報告から三十分経った頃、事態は急変した。

『鬼を発見しました！』

無線を通して聞く緊迫した声音に幸成はひっ、と息を呑《の》む。

『現在山中にて交戦中です！　至急応援お願いします！』

『五十嵐向かいます！』

輸送車の周りは静かなままで、無線から入ってくる音声とのギャップがひどい。

『対象そのまま西に向かって移動しています！』

深泥池から向かって西ということは、幸成たちのいる上賀茂神社の方面に向かって来ているということだ。

『花満先生！』

手に汗握って無線の声に全神経を傾けていると、ステラに突然名前を呼ばれて幸成は情けなくも小さく飛び上がった。

『負傷者出たからそっちに運ぶぞ！』

「はははははい！」

幸成は外に出て負傷者を待つ。

神社の駐車場も境内も広く、人家の光が遠い。今日は新月で月明かりもなく、山が近いこともあってか暗闇が一層深く、濃く感じる。

夜出歩くことはあっても暗い場所というのは減ってきているし、好き好んで通ることはあまりない。しっかりとした「暗闇」を久しぶりに体験する幸成は、暗闇の中に何か得体の知れないものが潜んでいないか神経を研ぎ澄まして見つめていた。

「はーなみつせんせー！」

じっと暗闇を見つめていたら突然頭上から名前を呼ばれ、今度こそ大きく飛び上がった。

空を見上げると、暗闇の中に白いものが浮かんでいるのがぼんやりと見える。それがだんだん近付いてきて、目を凝らすと箒《ほうき》に乗ったステラだと分かった。白く見えていたのは彼女の銀髪だろう。

さらに近付いてくると、ステラの乗っている箒にスーツを着た大の男が動物のナマケモノのようにぶら下がっているのが見えて、幸成たちはギョッとした。

ステラの操る箒は上賀茂神社の境内に入っていくので、幸成は慌てて鳥居の前でお辞儀をしてイラとともに境内に入る。

「ちょっ、何してるんですか⁉」

地上数メートルになった所で力尽きたのか、ぶら下がっていた男性が力なく落っこちる。下が芝生だったのがまだ幸いだ。

対してステラはヒラリと優雅に音もなく地面に着地し、箒を肩に担いで男性を見下ろす。

「何って怪我人の搬送だよ。この方が早いだろ。ほら、ドクターヘリっていうやつ？」

「空を飛ぶ所しか共通点ありませんけど⁉」

ステラにツッコミを入れながら、男性が起き上がるのを手伝う。

「大丈夫ですか？」

「いてててて……すみません、山の斜面を滑り落ちて足を捻《ひね》ってしまって……」

「失礼しますね」

断りを入れて靴と靴下を脱がせ、患部の診察を行う。ひどく腫《は》れてはいるが、重度の捻挫《ねんざ》で骨折の心配はなさそうだった。早速処置に取り掛かろうとしたその瞬間、山の方から黒い何かが飛んでくる。イラが強い光を放ち、一瞬で大人の姿になって幸成達の前に立ちはだかった。

「え、」

飛んで来たものは参道を挟んだ向こう側の広場に、激しく地面をえぐりながら激突した。

「くっ……そ‼」

土煙を上げ、土にまみれながら起き上がったのは五十嵐だった。

五十嵐は悪態をつきながら立ち上がり、頭や手足を振って土を払い落とす。彼の手には美しい弧を描く太刀が握られていた。月のない闇夜にも刀身がしっかりと見える。

あれが北野天満宮より借り受けた、鬼退治の誉れ高き鬼切丸だ。

「イラ！　先生達連れて早く下がれ！」

「分かってますよ！　失礼しますね！」

珍しく慌てた様子のイラが断りを入れて男性警察官を軽々と姫抱きした。抱き上げられた当人も、診察していた幸成も、ぽかんとした表情でイラを見上げる。

「花満先生！　立って！　死ぬ気で走ってください！」

「えっ」

「早くしねぇと死ぬぞ！」

鬼気迫ったイラの声に急き立《せ》てられるように幸成は立ち上がった。箒を肩に担いだステラがぐいぐいと肩を押して来るので、メディカルバッグを引っ摑《つか》んで訳も分からぬまま先を行くイラの後を追いかける。

すると、後ろの方で凄《すさ》まじい轟音《ごうおん》が響き、幸成は思わず振り返った。

さっきまで五十嵐がいた所に再びモウモウと土煙が立っている。その中からギリギリと金属同士がぶつかる様な音が聞こえ、目を凝らしてみると、太刀を構えた五十嵐が熊のような巨体の牙《きば》を防いでいた。

幼い頃に絵本で見た様な「鬼」がそこにいて、幸成は開いた口が塞《ふさ》がらない。

こんなものに襲われたら、幸成とてひとたまりもない。今まで襲われて来た人達が亡くならなかったのは、まさしく幸運以外のなにものでもなかった。

「うおおおおお!!　これ折ったらお前天神様に雷落とされるかんな!!」

ゲシゲシと鬼を蹴《け》りながら五十嵐が大声を張り上げる。いくら名刀といえど、あんな巨体を前にしたらまるで爪楊枝《つまようじ》のようだ。

しかし鬼切丸が折れてしまったら、おそらく鬼だけではなくもれなく五十嵐にも雷が落ちるのではないかと幸成は思った。

「先生、気になるのは分かるけど足動かせ。死ぬぞ」

淡々と、普段とは異なる真剣なステラの声音にも急かされる。怖いのに、どうしても目が追おうとしてしまう。

「あれが鬼なんですか⁉」

「そうそう、だから早く……げっ」

一瞬、空を見上げたステラが短く声を上げた。

「イラ！　そのまま突っ走れ！　先生は私が連れて行く！」

「えっ」

何事かと思った次の瞬間には襟首を掴まれ、幸成の足先が宙に浮いた。

「ぐえっ」

気道がキュッと締まり、幸成は蛙が潰《つぶ》れた様な声を出す。

「先生！　上に手を伸ばして箒の柄を掴め！」

幸成はステラに言われるがまま上に手を伸ばし、無我夢中で箒の柄を掴む。きつく締まっていた襟首が緩み、ほっと息をついたのも束の間、足の下で轟音が響く。

鍔迫《つばぜ》り合いをしていた五十嵐と鬼が吹っ飛び、新しい爪痕《つめあと》を地面に刻む。もう一人、山の方から小さな人影がふわりと飛んできた。

「さぁ、おっかない魔女のお出ましだぞ」

頭の上でステラが楽しそうに呟《つぶや》いた。

その口ぶりからしてあの小さな人影はおそらくリサだ。扇子を手に持ち、鬼に向けている。

ふわりと舞を舞うかの様に扇子を翻し、上に向かって勢いよく振り上げた。

「おいおいおいおい……!!」

「うおっ⁉」

ステラが焦った声を上げて箒の柄を急旋回させる。急に体が左右に振られ、幸成は両手で必死に箒の柄を摑む。

次の瞬間、竜巻の様な物が起こり、鬼を空中に巻き上げた。

もう一度、リサが空気を裂く様に扇子を下から上へ勢いよく振り上げると、次は音もなく鬼の左腕が飛んだ。

巨体が木の葉の様に舞い、鬼がこの世のものとは思えない恐ろしい咆哮《ほうこう》を上げ、ビリビリと肌が震える。

「追撃来るぞ!」

ステラの声と同時に、ごうっ、と風が不気味な唸《うな》り声を上げる。抜刀の体勢を取った五十嵐が風に乗って一瞬で鬼の間合いに入り、首を刎《は》ねた。

ふつりと風が止むと、鬼の体は地面に向かって落ちて行く。

「ああああああああ!!!!」

そして五十嵐も落ちて行く。

リサが面倒くさそうな表情で扇子を開いてひらりと扇《あお》ぐと、先ほどとは打って変わってやわらかな風が生じる。風のおかげで激突の勢いが弱まったが、五十嵐は体勢を整えられず無様に地面に落ちた。

ステラはゆっくりと境内に降下して幸成を下ろした。

「花満先生、お怪我はありませんか？」

帯に扇子を挿しながらリサが幸成達の方に駆け寄って来る。

「俺は大丈夫ですけどリサさんと五十嵐さんは大丈夫ですか!?」

見るからに無傷そうなリサはともかく、五十嵐は骨の一、二本は折れていそうだ。

「あいたたた……」

土煙の中、五十嵐がフラフラと立ち上がって頭を振っている。

「五十嵐さん大丈夫ですか!?」

「あ、先生」

幸成が駆け寄ると、五十嵐は鞘《さや》に鬼切丸を納めた。

「大丈夫大丈夫。ちょっと擦りむいたくらい」

スーツについた土を払いながら、五十嵐は爽《さわ》やかに笑っている。

あれだけの勢いで何度も地面に激突しているというのに、本人はちょっと転んだくらいの反応止まりで、幸成は少し引いた。

「さて、事後処理始めっか」

それから五十嵐とステラが電話をかけ始め、上賀茂神社の境内に続々と警察関係者がやって来る。リサは警察の検分に交じって意見を述べていた。

幸成は当初の目的通り、怪我人の手当てに回った。幸いにも命に関わる重傷者はいなかった為、臨時の救護所となった輸送車の中はのんびりとしている。山中での慣れない戦闘のせいで捻挫や打撲、切り傷などを負った人が多かった。人の姿をしたイラが手伝ってくれたこともあって、仕事は予想よりも早く片付いた。

幸成が輸送車の外に出るとリサがじっと境内を眺めているのが見える。

「リサさん、うおっ」

リサが振り向くと、その肩には美しい白い鳥がとまっていて幸成は小さく仰《の》け反った。カラスくらいの大きさだが、カラスよりもシルエットがほっそりとしていて、尾羽がスラリと長い。

「先生はこの子と会うの初めてでしたっけ」

白い鳥の顎《あご》を撫《な》でながらリサが微笑む。

「この子はシルフィーと言って、私と契約している風の妖精《ようせい》です。箒《ほうき》に乗る時もこの子が力を貸してくれているんですよ。今回はこの子のおかげで助かりました」

そう言いながら、リサは手首を一回ひねって手のひらを開く。その上に赤い木の実がなった枝が出てきた。

白い鳥はその枝をくわえ、夜の闇に溶ける様に姿を消す。

境内の広場では鬼の体の落下点にビニールシートを張り巡らせ、警察の調査が行われている。

「リサ」

土埃《つちぼこり》にまみれた五十嵐が、険しい表情でリサの下にやってくる。その後ろには箒を担いだステラもいた。

「鬼切丸による俺の攻撃も、リサによる魔術の攻撃も効いた。あれは酒呑童子じゃないのか？」

リサはついと鬼の体がある方に視線を向ける。

「あれは酒呑童子で間違いないわ。でも、私の魔術による攻撃が効いたのは、おそらく酒呑童子を復活させた術が魔術だったたから。それくらいしか可能性が思いつかない」

五十嵐と、その後ろにいたステラが目を見張る。

リサはゆっくりと視線を二人に戻し、決定的な言葉を告げた。

「酒呑童子を復活させたのは、魔法使いか魔女よ」

鬼退治から三日経ち、市内はあれだけ大騒ぎしていたのが嘘の様に普段の日常に戻っていた。

「藤原さーん、おはようございまーす」

幸成もいつも通りの慌ただしい日常に戻り、数日前に救急車で運び込まれた藤原夫妻の様子を見に来ていた。

外はあいにくの雨で、昼というのに部屋の中も少し薄暗く、体もなんとなく重くてだるい。

結局、藤原夫妻の意識は数日経った今も戻ることはなく、二人はただただ眠っているだけだった。

救急は次から次へと患者がやって来る。容態が安定しているのなら他の科に引き取ってもらわなくてはいけないのだが、どこへ引き取ってもらうべきかと考えていた。

妙な点は特になく、強いてあげるなら注射痕くらいだが、薬物などを投与されてはいない。

だとすれば、あの注射痕は一体何をしたものなのか。

何かが摑《つか》めそうで摑めない。

「田中《たなか》さーん、採血しますねー」

幸成が眉間《みけん》にシワを寄せて考え込んでいると、藤原夫妻のベッドの向こう側で、看護師が別の患者の採血を始めた。注射器に、みるみるうちに赤い血が溜《た》まっていく。それを見た幸成は今まで藤原夫妻が体内に何かを入れられたと考えていたが、入れたのではなく、抜いたのかもしれないと思った。抜くとしたら血だ。

だが、抜いた血を一体どうするのかと思ったところで、スッと頭の中で線が繋《つな》がる心地がした。

酒呑童子の首塚には、血が撒《ま》かれていた。二人の人間の血液が。

もしかしたら、その二人の人間の血液というのが、今目の前にいる藤原夫妻のものなのかもしれない。

幸成はリサ達に伝える為にもう一度自分の考えを整理しようとした。ふと、ベッドに横たわる仁に目を向けると、彼はうっすら目を開けていた。

「ふ、藤原さん！　分かりますか━!?　ここ病院ですよ━！」

それまでの難しい考え事が一瞬で吹き飛び、一度戻りかけた意識を離すものかと、幸成は懸命に話しかける。

幸いにも仁は目を瞑《つぶ》ることなく、幸成を見つめていた。

「お二人ともホテルで倒れていて、スタッフの方が救急車を呼んでくれたんですよ。何か覚えていますか？」

意識が戻ったとはいえ、ずっと眠っていたせいかどこかぼんやりとしている。

幸成の言葉を聞いた仁は、天井を見上げ、記憶の糸を手繰っている様だった。

「……てんしさまが、たすけてくださったんです」

「へ？」

少し呂律《ろれつ》が危うい せいと、聞き慣れない言葉が交ざっていてうまく聞き取れなかった幸成は、思わず間抜けな声を出した。

仁はゆっくりと幸成の方へと顔を向け、薄く笑いながら口を開く。

「がっこうで、ひどいいじめをうけたむすめは、いえのまどからとびおりて、しにました」

次はきちんと聞き取れたが、告げられた内容が予想外すぎて幸成の顔が凍りついた。

しかし、彼はそんな幸成の様子を気に留めず、滔々《とうとう》と語り続ける。

「ひとをにくんではいけない。つみをにくむべきだ。わかってはいても、うらまずにはいられなかった。むすめをころしたやつらは、いまもわらいながらのうのうといきている。たとえ、わたしたちはじごくにおちても、むすめをころしたやつらにむくいをうけさせたかった」

本来なら激情を伴うはずなのに、彼の言葉には全く感情が見えず、ただただ不気味だった。

「そんなわたしたちのもとに、かみはてんしさまをつかわしてくだすった。あのかたは、わたしたちのはなしをきいて、なみだをながしてくれた。そして、つみをおかしたものには、ほかでもないじぶんがこうせいなばつをあたえるとおっしゃった」

自分の胸の内を吐き出したことで満足したのか、仁は穏やかな笑みを浮かべて再び眠りに落ちた。

仁はひどく幸せそうに笑っていたが、幸成はその様子がひたすら気味悪く感じる。

天使というのは幸成が知らないだけで魔女や魔法使いの様にこの世に存在しているものなのか。

あるいは、天使の皮を被《かぶ》った化け物か。

どうか前者であって欲しいと幸成は心の底から祈ったが、そうではないことを頭のどこかで感じていた。

第四話

魔女の定義

「花満先生、将門《まさかど》の首塚が暴かれたの知ってます？」

五十嵐に問われた幸成は、膿盆《のうぼん》や鑷子《せっし》を片付けながら首を傾げた。

鬼の事件から数週間経ち、季節は梅雨から夏へと移り変わりつつある。

五十嵐はまだ入院している後輩のところへ見舞いがてら、自分の傷口の消毒をしに数回外来を訪れていた。

処置は終わったが、五十嵐が午前診の最後の患者なのでそのまま話し込む。看護師もその気配を察してくれた様で、さっさと下がって片付けを始めていた。

「え？ 将門って平《たいらの》将門、ですよね……？」

幸成は学生時代の記憶を掘り起こし、探るように五十嵐に聞いた。酒呑童子の時といい、自分の無知さがいい加減恥ずかしくなって来る。

「そうそう。日本三大怨霊《おんりょう》の一人の平将門です」

五十嵐はシャツのボタンを留めながら、特に嫌な顔もせず端的に答えてくれた。

怨霊と言われても、幸成にとっては昔話のようにしか感じられない。それにしても、

「へぇー……最近首塚暴くの流行《はや》ってるんですか？」

酒呑童子といい、将門といい、最近立て続けに二つの首塚が暴かれているとは。幸成

が知らないだけで今までもたびたび暴かれていたものなのかもしれないが、異様にスパンが短い。

「そんなの流行って欲しくありませんって……」

げんなりとした表情で五十嵐がつぶやくので、幸成はすみません、と頭を下げた。

「将門の首塚は東京の千代田区《ちよだ》にあって、過去に首塚を取り壊そうとしたら関わった人間が次々に不審な死を遂げたり、死亡事故が起こったりしたことで有名です」

「マジの曰《いわ》く付きじゃないですか」

「マジですって。だから東京と京都の警察は朝から蜂の巣を突《つつ》いたような大騒ぎなんです。今は全員血眼で将門の行方を探しています」

「なんで京都も？」

「将門公は朝廷を相手取って戦を起こし、敗れた武将ですから。京都を亡ぼすことは悲願中の悲願でしょうよ。陰陽師《おんみょうじ》達は大急ぎで京都中に結界を張り巡らせています」

千年ものの怨霊に、現代の陰陽師が太刀打ちできるのかは甚だ疑問だったが、自分では到底できないことなので、幸成はおとなしく口を噤《つぐ》んだ。

「酒呑童子の時と同じで、血を撒《ま》いて塚を暴いたそうです。やり口が同じなので、今のところうちは同一犯ではないかという見立てで動いています」

五十嵐が声を潜めて教えてくれる。

酒呑童子の事件の犯人も捕まっていない。

藤原夫妻はあれから完全に意識を取り戻したが、黙秘を貫いている。

犯人が魔女か魔法使いの可能性が高いということで、リサにも藤原夫妻の診察をしてもらった。

夫妻は軽い睡眠魔法がかけられているが、じき完全に意識を取り戻すだろうと言われ、リサの言葉を信じて夫妻が目を覚ますのを待った。

リサの言う通り二人は無事目覚めたものの、頑として口を開かなかった。

唯一仁が話してくれたあの時は、夢と現実の意識が曖昧《あいまい》だったから、話してしまったのだろう。

状況だけを見れば夫妻は酒呑童子の復活の為に利用された被害者なので、あまり突っ込んで聞くことができない。

だが、藤原夫妻が酒呑童子の首塚を暴いて蘇《よみがえ》らせた「天使」と呼ぶ人物を庇《かば》っていることは明白だった。

使われていた術が魔術ということも分かり、水面下で日本国内にいる魔女や魔法使いの調査が進められているらしい。

「将門の行方と一緒に塚を暴いた犯人も探していますが、そっちの尻尾《しっぽ》も全く摑《つか》めていません。首塚には名だたる術師が幾重にも守りの結界を張っていたんです。それを突破したんですから、そこらへんの術師ではないでしょうが……」

酒呑童子の件と今回の将門の件を引き起こした犯人を同一犯とするのなら、犯人の目的は一体何なのか。

「それに、子供の誘拐事件も相変わらずクレームの嵐です」

「ああ……あれも早く解決して欲しいですよね……」

幸成は顔をしかめる。

今年のはじめから、京都市内で乳児が行方不明になっている事件。警察が躍起になって捜査をしているにもかかわらず、まだ解決されていない。現在誘拐された乳児は四人で警察に非難が集中していた。

「あっちもこっちも問題続出してて、京都というか府警が呪われてるんじゃないかってみんな言ってますよ」

五十嵐は肺の底から深々とため息を吐き出す。


数日後の貴重な休日、幸成はリサとアリスの買い物の付き添いをしていた。

買い物の主な目的はアリスの留学準備だ。今日は社交用の着物を何着か見繕うそうで、年頃の女の子なら前のめりで喜びそうなことだが、おしゃれに興味がないアリスは仏頂面をしている。

アリスの憮然《ぶぜん》とした表情が七五三の時の妹のようだな、と幸成は思いながら少し離れた所で見つめていた。

成人式の時は嬉々《きき》として振袖《ふりそで》を着ていた妹だが、三歳の七五三の時は初めて着る着物が嫌すぎて終始不貞腐《ふてくさ》れていた。写真館で写真を撮った時も全く笑わず、口をへの字にしてカメラを睨《にら》みつけている写真が今も実家に飾られている。

昼過ぎにはあらかたの買い物を終え、少し休憩をしようと言うことになり、百貨店の中にある喫茶店で一息ついていた。買い物の主役だったアリスは試合が終わったボクサーの様に燃え尽きている。

そういえば、と五十嵐が先日病院に来たと言う話になり、そこから件《くだん》の将門の話となった。

「将門が復活したら京都は壊滅するでしょうね」

アイスティーに口をつけながら、リサは明日《あした》の天気を予報するかの様な軽い口調で答える。

それを聞いた幸成は、衝撃のあまり手に持っていたスプーンを落としてしまった。慌てて拾い上げていると店員が新しいスプーンを持って来てくれたので、ペコペコと頭を下げながら礼を言う。

「ここでのんびりしてて大丈夫ですか……!?」

「魂を復活させる術なんて賢い術師ならやろうとは思いませんよ。贄《にえ》に同等かそれ以上の命が必要とされることがほとんどですから、どれだけうまく術の痕跡《こんせき》を隠せたとしても、殺人の方からすぐに足が付きます。それに復活させた怨霊が自分の話を聞いてくれる保証もありませんし、正直言って博打《ばくち》みたいなものかと思います」

殺人の方がバレなければやるのだろうか、という疑問が頭の中に浮かんだが、幸成も世の中知らない方がいいこともあると知っているので、心の中の好奇心を必死に押し殺した。

「でも、五十嵐さんのことですからリサさんにまた協力要請を出しそうですよね」

「縁起でもない事言わないでください」

リサは心底嫌そうに顔を歪《ゆが》めた。不快な気持ちを誤魔化す様に、ストローでグラスの氷をカラカラとかき回す。

「しかし、誰がこんな事をしたのでしょうね」

いたずらや愉快犯の犯行ならまだいい。だが、そうでないとしたら、常人の想像を超えた災厄が降りかかる。

リサは窓の外に広がる京都の町並みを見下ろした。幸成はその目に少し、翳《かげ》りの色が見えて胸騒ぎがした。

先日の酒呑童子を蘇らせた犯人もまだ捕まっていない。警察も調査を進めているらしいが、目立った進展はなかった。乳児の誘拐事件もまだ解決せぬまま、被害者は増える一方。

京都で多発する事件の数々が、積み重なっていく。

まるで大きな災厄が降りかかる前兆の様に。


リサとアリスの買い物に付き合った翌日の仕事終わり、幸成は病院長に呼び出されて院長室へ向かっていた。

病院長に呼び出される様な事をした覚えはないが、一応最近の自分の素行を思い出す。やっぱり特にそのようなことはないはずで、尚更《なおさら》今回呼び出しをされたのが気になるところだ。

院長室のドアを三回ノックすると中から返事があり、「失礼します」と声をかけて幸成は室内に足を踏み入れる。

「忙しいのに悪いね、花満先生」

スーツに白衣を羽織った病院長が応接用のソファーに座ったまま、幸成に向かってひらりと手を振る。

病院長の向かい側のソファーには、幸成と同じ年くらいの男女が座っている。身なりはいいが、憔悴《しょうすい》した様子で二人とも顔色が悪い。

患者の紹介かと思ったが、それなら幸成よりも腕のいい医師なんて山ほどいる。ここら辺でなんとなく、呼び出された理由が察せられた。

病院長に手招きされ、恐れ多くもその隣に座る。

「花満先生、こちらは菊宮裕司《ゆうじ》さんと菊宮玲奈《れな》さんご夫妻だ」

「えーっと、救急の花満です……はじめまして」

状況説明がされていないので、幸成は恐々と自己紹介をする。夫妻はそんな幸成の様子も気にならない様で、神妙な表情で深々とお辞儀をした。

夫妻の名前を呼ぼうとした幸成は、あることに気が付く。

「……菊宮って、もしかして陰陽師《おんみょうじ》の菊宮さんですか？」

「おっ！　さすが魔女のお手伝いをしているだけあるね～！」

この場で一人だけ空元気な病院長がバンバンと幸成の背中を叩《たた》く。

笑い声が部屋に虚《むな》しく響き、さすがに苦しくなったらしい病院長が咳払《せきばら》いをして本題を切り出した。

「いや、実は十日前に彼らのお子さんが何者かに誘拐されたそうだ」

まさかの展開に幸成はギョッとして目の前の夫妻を見ると、向こうがすがる様な目で幸成を見ている事に気付いた。

「先生、お願いです。警察では頼りになりません」

悲痛な、今にも泣きそうな声で母親の玲奈が前のめりになって幸成に訴える。

現在報道されているのは四人目の被害者までで、五人目の被害者にあたる菊宮夫妻の子供はまだ報道されていない。

「花満先生は、魔女とお知り合いだと伺いました。どうか、魔女と縁を結んでいただけないでしょうか」

「いや、紹介するのは構いませんが、その、魔女と陰陽師はどこか相容《あいい》れないイメージがあったので、そちらのおうち的には大丈夫なんですか？」

幸成がなるべく言葉を選びながら慎重に問いかけると、裕司が言いにくそうに口を開く。

「……私たちは菊宮といっても分家筋です。事件が起きた翌日に本家の使用人が話を聞きに来ましたが、それだけです。陰陽師でもない私たちの様な者に、力のある本家の陰陽師が時間を割いてはくださいません。しかし、菊宮の手前、他の家を頼る事もできない」

裕司はぎゅう、と膝《ひざ》の上に置いた手を強く握りしめ、絞り出す様に自分たちの現状を訴えた。一族の愚かな価値観を、自分たちの惨めさを、会って数分しか経っていない人間に話すことは耐え難い辛《つら》さを伴う。

それでも、夫妻はここへ、魔女との縁を結びにやって来た。

子供を取り戻す為に。

「息子を……裕斗《ゆうと》を、この手でもう一度抱きしめてやりたいんです」

震える声音で、玲奈が訴える。こらえきれなかった涙がボロボロとこぼれて、スカートに染み込んでいく。

「とりあえず先方に話してみますが、返事はあまり期待なさらないで下さい」

幸成の言葉に、夫妻はありがとうありがとうと何度も頭を下げた。まだ依頼を受けられたわけではないので、そこまで感謝されてしまうと申し訳なさが募る。

リサがどう出るのか幸成には全く想像が付かず、予防線を張ってしまったのだが、どうか力になって欲しいと心の底から思った。

病院長と夫妻に断りを入れ、廊下に出てリサに電話を掛ける。

幸運にもリサはすぐ電話に出てくれて、菊宮夫妻の話をかいつまんで説明した。説明が一段落つき、固唾を呑《の》んで返答を待とうとしたが、リサはあっさりと返事をする。

『分かりました。そのご依頼、お受け致します』

「え」

想像以上の軽さで請け負われ、思わず幸成はずっこけそうになった。

「だ、大丈夫ですか？　分家とはいえ菊宮の方ですが……」

『分家とはいえ菊宮なら金払いは良いでしょう』

所詮《しょせん》世の中金だと、電話の向こうの魔女は堂々と告げる。幸成は自分の考えが子供すぎたのか、リサがドライすぎるのか少し悩んだ。

リサが依頼を受けたことを伝えると、夫妻は泣きながら幸成の手を握って再び感謝の言葉を何度も口にしながら頭を下げる。

早い方がいいだろうと言う事で、このあと早速リサが時間を取ってくれたので、仲介、そして案内役として幸成が勤務後に菊宮夫妻をフローレス邸まで案内することとなった。

勤務が終わると幸成は急いでスクラブから私服に着替え、菊宮夫妻を連れて八瀬のフローレス邸へとやって来た。

状況が状況なので悲痛な表情を浮かべることの多い菊宮夫妻であったが、山の中に現れた純和風の邸《やしき》には目を丸くしている。

いつもと同じ様にインターフォンを押すとイラが迎えにきて、いつもの応接室まで案内してくれる。

「……陰陽師じゃなくて魔女なんですよね？」

応接室でリサが来るのを待っている間、裕司が遠慮がちに小声で聞いてきた。玲奈も不安そうに幸成を見つめている。

幸成も最初ここに訪れた時は、魔女がまさか和風の家に住んでいるとは思わず、驚いたものだ。

「はい。お母様が日本の方なので、日本の文化にもすごく詳しいんですよ」

菊宮夫妻は今日紹介する魔女が蘭堂に所縁《ゆかり》のある魔女だと知らない様で、自分が言っていいものかどうか幸成には判断がつかず、無難なことを言ってしのいだ。

「お待たせしました」

イラの先導でリサがやって来た。二人の後にアリスが続き、人数分のお茶を出してイラと一緒に部屋の隅に腰を下ろす。

今日のリサはミッドナイトネイビーの生地に、白のストライプが入った着物を着ている。白の帯に赤の帯揚げと帯締めを締めていた。

慣れた所作で座布団に腰を下ろすリサを、菊宮夫妻はポカンとした表情で見つめている。

「はじめまして。リサ・シラハセ・フローレスと申します」

「えっ」

リサの自己紹介を聞いた裕司が小さく声を上げた。

「白波瀬って、もしかして白波瀬小夜の……!?」

「はい。白波瀬小夜は私の母です」

にっこりと笑って肯定するリサに、菊宮夫妻は顔面蒼白《そうはく》だ。

「蘭堂と繋《つな》がっているのは血だけですのでご安心下さい」

菊宮夫妻は少し迷っていた様だが、ここまで来て引き返すわけにもいかないし、今の所頼れるのはリサだけだ。

「白波瀬の名をご存知なら、我々と蘭堂が良好な関係を築いていないこともご存知ではないですか？」

苦笑を浮かべながらリサが指摘すると、二人はなんとも言えない表情を浮かべた。

「……大変失礼しました。菊宮裕司と申します。こちらは妻の玲奈です。今回は私達の依頼を受けてくださって、本当にありがとうございます」

腹を決めたらしい裕司がリサに向かって深々と頭を下げ、玲奈もそれに倣って頭を下げる。

「こちらこそ、よろしくお願い致します」

リサも静々と頭を下げる。四人中三人が頭を下げている状況で、幸成一人だけ下げていないのが居心地悪かった。だがここで頭を下げるのも変なのか？　と悶々《もんもん》としていた幸成は、結局必死で気配を消すことにした。

「さて、まずは息子さんが誘拐された時の状況を教えて頂けますか」

そんな幸成の気持ちを察しているのかいないのかは不明だが、リサはサクサクと話を進めて行く。

「十日前の夕方でした。裕斗をリビングのベビーベッドに寝かせて、夕飯の支度をしていて、支度が一段落ついた所でベビーベッドを見ると、裕斗の姿が消えていたんです。物音一つ、しなかった」

リサに促されて口を開いたのは玲奈だった。裕司は玲奈に寄り添い、背中をさすっている。

嗚咽《おえつ》をこらえながら、玲奈は必死に言葉を紡ぐ。

「警察が来て現場を調べてくれた時、微《かす》かに何かの術を使ったような痕跡《こんせき》があると言っていました。ですが、翌日もう一度やって来た時はそんなことは言っていない、外部の人間の犯行は不可能だと言われました。挙げ句の果てには最近育児で疲れていなかったかとか、息子を疎ましく思ったことはなかったかとか、まるで私が犯人じゃないのかと言わんばかりの質問ばかりして来て……！」

声がどんどん大きくなり、やがて玲奈はわっと泣き出してしまった。

玲奈の証言を聞いたリサは、眉間《みけん》にシワを寄せ、大きくため息を吐く。

「警察はその後何か調べに来ましたか？」

玲奈は涙と嗚咽が止まらず、何か答えようとしても言葉が詰まって出てこない。リサの質問には裕司が答えた。

「警察が話を聞きに来たのは事件の初日と翌日だけで、後は捜査の進展についても何も教えてもらっていません。もちろん話せないことがあるのは分かりますが……それに誘拐された子供達は遠縁ですが、菊宮の家に連なる子達です。菊宮は、何らかの恨みを買った報いを受けているのではないですか」

はじめて聞く被害者の共通点に、幸成は驚いたし、警察の対応には少し違和感を覚えた。

事件現場には一番証拠がある筈《はず》だし、両親の証言を引き出すことも重要だろう。その形だけと言わんばかりの仕事のやり方は、ほぼ職務放棄に近い様に思われた。

「警察はどれだけ杜撰《ずさん》な仕事をしているのかしらね……ちょっと、暁名、ステラ、聞いてる?」

「聞いております……」

リサが隣の部屋に向かって声をかけると、五十嵐とステラが前触れもなしに襖《ふすま》を引き部屋に入って来て、リサ以外の全員がギョッとする。

「彼らは警察官です。ポンコツですけど。警察側の情報と擦り合わせをしたかったので私が呼びました。ポンコツですけど」

「ポンコツポンコツ言うな。やる時やるからいいんだよ」

ぶつくさ言いながら五十嵐とステラは膝行《しっこう》で部屋に入り、二人揃って菊宮夫妻に向かい深く、丁寧に頭を下げる。

「五十嵐暁名と申します。こちらはステラ・ウォーカー。お二人に対する警察の失礼な言動の数々、大変申し訳ありませんでした」

突然の五十嵐の謝罪に、菊宮夫妻は目を丸く見開いている。玲奈に至っては驚きのあまり涙まで引っ込んでしまったようだ。

「謝って済む問題ではないことは承知しております。ですが、早期の事件解決の為に私にもご助力させて下さい」

幸成は、「五十嵐さんって自分のこと私って言えるんだ……」と変な所で感心していた。

「お二人は悪くありません。どうか顔を上げてください」

慌てた裕司が五十嵐とステラに顔を上げさせる。

リサが五十嵐の方へ目配せすると、五十嵐はタブレットを取り出してリサと菊宮夫妻の間に置いた。

「現在、京都市内で誘拐された幼児は裕斗君を入れて五人。捜査本部ももちろん、被害者達の共通点を調査していたようです」

指でスライドさせていくと、誘拐された子供達の写真が映される。家族から提供されたものなのか、どの子の写真も笑顔でかわいらしいものだった。

「私の同期が捜査本部に参加しているので、そこから聞いた情報です。五人の共通点は確かに血縁でした」

写真の次に出て来たのは、家系図だった。多数の名前が記されており、五ヶ所だけ赤丸で囲まれている。

「裕司さんのご指摘通りです。名字はそれぞれ異なりますが、祖父母や父母が五人とも菊宮の血縁者に行き当たります」

名字が異なっていてあまり積極的に関わりを持たない分家だからこそ、外部の者はなかなか気付けなかったのかもしれない。

だが、いくら関係が疎遠とはいえ、これほど近しい者達が被害に遭っているとなると、菊宮側は五人の血縁関係に当然気付いていただろう。

それをあえて指摘しなかったのだとしたら、何か探られたくないものがそこにはあるのかもしれない。

「一応捜査員が菊宮本家に話を伺いに行ったそうです。しかし門前払いをされ、上司からは菊宮はこの件に関係がないから手を出すなと言われたとのことです」

怪しすぎるにもほどがあるし、二時間サスペンスならば絶対に黒である。

しかし、黒をついて出るのは、果たして蛇か鬼か。

「その上司が『気にするな』ではなく『手を出すな』と表現したところが引っかかりますし、少しでも可能性があるなら調べるべきです。しかし、あえて目を瞑《つぶ》り、裕斗くんの件に至っては十分な捜査をせず、母親の自作自演と言い切る……菊宮から圧力がかかっているとしか思えません」

まさかの展開に菊宮夫妻は顔面蒼白だ。

捜査を進めれば、菊宮本家が隠そうとしているものを明らかにしてしまう可能性が高い。本家の怒りを買ってしまえば、これから先の人生は険しいものとなるだろう。

「菊宮が隠そうとしていることについて、どんな些細《ささい》なことでも構いません。我々に教えていただけませんか。それが、裕斗くんを助ける糸口になるかもしれません」

五十嵐の言葉に、菊宮夫妻は黙り込んでしまった。

引くも地獄、進むも地獄。地獄の種類が違うだけだ。

しかし、どちらの地獄を取るか、本人達で選ぶしかない。

幸成は当事者ではないが、この状況は生きた心地がしなかった。

重い沈黙の中、玲奈が裕司の手に自分の手をそっと重ねる。二人で数秒見つめ合った後、裕司が覚悟を決めた表情でリサを見据えた。

「半年前、本家の次男が亡くなったそうです。事故として処理されたと聞きましたが、あれは殺人だと、一族の中では噂されています」

部屋の中の空気がピンと張り詰める。

「本家の意向を無視して結婚しようとしていたと聞いたことがありますので、おそらくそれが理由かと……噂でしか知りませんが、お相手は外国人の方だったと聞いております」

些細な既視感が幸成の脳内をよぎる。数ヶ月前に出会った、金髪の魔女の姿が。

マリアの婚約者は日本人で陰陽師《おんみょうじ》の家の者だと言っていた。

そして、酒呑童子の事件と、平将門の事件は同一犯、しかも魔女である可能性が高いとされている。

誘拐事件はまだ他の事件との関連が見られないが、被害者は菊宮の血を引く子供達で、半年前、菊宮の次男は謎の死を遂げている。その菊宮の次男の婚約者が異国の者。

まだ菊宮の次男の婚約者がマリア・リベラだと断定はできないが、可能性はゼロではない。むしろ高い筈だ。

自分の考えすぎだろうかと思い、幸成がちらりとリサとステラを盗み見ると、彼女たちは目を見開いて固まっていた。

幸成は菊宮夫妻を自宅まで送り届けた後、どうすればいいのかと思っていたらリサから電話が入った。申し訳ないがもう一度フローレス邸に来てもらえないかとの事で、気になって仕方なかったので二つ返事で戻った。

幸成を門のところで待っていてくれたイラと一緒に応接室に戻ると、リサと五十嵐とステラが眉間にシワを寄せて考え込んでいた。

「えーっと、つまり、お前らの同級生の魔女の婚約者が死んだ菊宮本家の次男で、その次男は結婚に反対していた一族に殺された可能性が高い。婚約者を殺した菊宮に復讐《ふくしゅう》する為に、お前らの同級生は酒呑童子と平将門を蘇《よみがえ》らせた、ってことでいいか？」

「そうね……」

リサは脇息《きょうそく》にもたれ、右手を額に当てて項垂《うなだ》れた。

亡くなった菊宮の次男、菊宮和寿《かずとし》は車の運転中に事故に遭った。対向車がセンターラインを越え、和寿の車に正面衝突したらしい。

表向きは事故ということで処理されたが、菊宮では結婚に反対した当主の仕業ではないかともっぱらの噂になっていると裕司が話してくれた。

「じゃあ、菊宮の子供達はなんで誘拐されたんだ？　それも復讐の一環か？」

「おそらくは将門復活の為の生贄《いけにえ》よ。復讐も兼ねているんでしょうけど」

さらりと告げられた言葉に、幸成と五十嵐は息を呑《の》む。

以前リサは魂を復活させる術には生贄が必要だと言っていた。もし、その為に子供達をさらって贄としていたらと思うと、幸成は全身に鳥肌が立つ。

「あいつの実力なら自分でやったほうが早い気もするが」

「人一人殺すためにここまで面倒なことはしない。圧倒的な力で一族根絶やしにするつもりでしょう」

「……でも、ワルプルギスの前はリサさんに婚約者を会わせるって言ってたじゃないですか。もしかしたら人違いかもしれませんよ」

ひどく薄ら寒い楽観的な言葉になってしまい、幸成は口にしたあとで後悔した。

「あいつは私たちと同じ魔女だ。呪いを成す為なら、復讐する為なら、いくらでも優雅に笑ってみせるさ」

ステラの言葉を、誰も否定しない。二人はマリアと共に長い時間を過ごして来た学友だ。

彼女の全てを理解することはできなくとも、彼女の生い立ちや人となり、そして魔女としてどれだけ優秀かを、幸成よりも痛いほど理解している。

「結局は真実を知るしかないわ。それが私たちにとってどんなに受け入れ難い真実だとしても」

ここで立ち止まっている間にも、事態は少しずつ動いている。ショックを受けている暇など微塵《みじん》もない。

「とにかく、今日出た答えは全て私とステラの想像に過ぎない。将門の件が魔女の仕業なのか、そして菊宮の次男の死んだ事故についてももう一度調べたほうがいい。事故についてはそちらでお願いね」

「分かった。将門の方は？」

「そちらはアリスに任せるわ」

「え」

静かに状況を見守っていたアリスが、突然話を振られて小さく飛び上がる。

「そろそろ実践を積まないと。イラも付けるから安心なさい。大丈夫。今のあなたならそんなに難しいことじゃないわ」

アリスはゴクリと唾《つば》を飲みこみ、両膝《りようひざ》に置いた手をぎゅっと握りしめてしっかりと頷《うなず》く。その姿を見たリサは、少しだけ顔をほころばせた。

「てことは、マリアと菊宮の関係についてはリサが調べるのか？」

「ええ……菊宮の方にちょっとお話を伺ってくるわ」

常に自分の心を悟られない様にする為か、リサはニコニコと笑っていることが多いが、この時ばかりは波紋一つない水面《みなも》の様な無表情だった。

＊＊＊

翌日の早朝、アリスはイラと一緒に新幹線に乗って東京へと向かった。

アリスは新幹線に乗るのは初めてだったが、イラのおかげでスムーズに乗車できた。

今日のイラはお目付役兼護衛役なので、いつもの子供の姿ではなく大人の姿をとっている。

「東京の魔女には頼めないいんですか」

窓際の席に座り、新幹線名物のアイスをゴッゴッと掘っていたアリスがイラに質問する。

アイスは先ほど買ったばかりなのでスプーンでは全く歯が立たず、眉間《みけん》に深いシワを刻みながらアリスは渾身《こんしん》の力で掘削していた。

出会ったばかりの頃は食に全く興味がなかったのに、今ではほぼ好き嫌いなく出された物は全て食べる。

それにコミュニケーションの面でも口数は少ないものの、自分の意見や疑問をはっきりと口にすることができるようになってきた。

人の成長は速いなぁ、とイラは密《ひそ》かに感動しながらアリスの質問に答える。

「そちらにも頼んでいるとは思いますが、魔力を感じ取れても知り合いじゃなければ犯人にたどり着くのに時間がかかります。アリスはまだ魔女や魔法使いの知り合いが少ないですが、今日は僕がお手伝いしますよ」

なるほど、と頷きながらアリスはまたアイスの掘削作業を続ける。

「誰の魔力かを知ることができれば、術の傾向や癖、思考を辿《たど》って術を掛け直すこともできます。魔女でも魔法使いでも、人間でも鬼でも、相手を知ることが場を制することに繋《つな》がる。学校では社交の場が多く設けられていますし、面倒でも積極的に参加しておいたほうが後々の為ですよ」

「……はい」

アイスの掘削作業を止め、アリスは眉間に深いシワを刻んだまま頷いた。

アリスが人と交流するのが苦手なことをイラも知っている。嫌だとは思いながらも、人の忠告は不承不承ながら頷く素直な人柄が、イラには微笑ましく思えた。

東京駅に降り立った二人は、タクシーで将門の首塚へと向かう。

首塚は大きく改修され、近代的な雰囲気の場所になっていたはずだった。

しかし、今は四方を無骨なブルーシートで囲われ、規制線が張られている。

「特に何も感じないんですけど、気のせいですか？」

アリスが眉間にシワを寄せ、イラを見上げた。

「確かに何も痕跡《こんせき》が残っていないですね……無さすぎて、逆に怪しい」

アリスが言う通り、水で何もかも洗い流したかのように何もなかった。術の痕跡を綺《き》麗《れい》に消している。

「さて、どうしましょうか？」

イラがアリスを見下ろすと、アリスは静かに首塚を見つめていた。

「……手ぶらで帰る訳にはいきません。とにかく聞き込みをしましょう」

「分かりました」

くるりと踵《きびす》を返したアリスの背をイラが追う。

首塚の近くや皇居の周りを歩いていた人に何度か話を聞いてみたが、思ったような収穫はなかなか得られなかった。

時間だけが過ぎ、ジリジリと焦りが増して行く。もうそろそろ日が天辺《てっぺん》に昇る昼時だ。今が一番日差しがきつい。

「アリス、ちょっと休憩しませんか。暑いでしょう」

「もうちょっとだけ」

アリスはキョロキョロと周囲を見て、話をしてくれそうな人を探す。イラは日傘をアリスの上に差そうとするが、アリスは日傘を気にせず歩き回るので全く追いつかない。

「あ」

北《きた》の丸《まる》公園の入り口あたりで、早歩きで進んでいたアリスがピタリと止まった。何かと思って横に並んだイラがアリスの視線の先を追うと、真っ白な蛇が柵《さく》の下をくぐって草むらに入ろうとしていた。

「あの！」

植え込みに入りかけた白蛇に向かってアリスが走り出し、イラも慌ててアリスを追いかける。

「待って待って待ってそこの白い蛇さん！　話を聞きたいんです！」

アリスの必死な叫びに、草むらに入りかけた白蛇が頭を持ち上げてアリスの方へ振り返る。

「なんだい、人間の……いや、魔女の娘っ子かい」

白蛇はチロチロと舌を出しながら人語を話した。

「私達、将門の首塚を暴いた人を探しているんです」

アリスはその場にしゃがみこんで白蛇と目線を近付ける。

「どんな些細《ささい》なことでも構いません。最近何か気になったことなど、ありませんか」

ここで簡単に犯人がわかれば警察も苦労していない。

アリスは諦《あきら》めずに粘った。

「教えてもいいけど、対価はきっちりともらうよ」

白蛇が目を細め、アリスを見上げる。

アリスはこくりと頷くと、両手を白蛇の前で合わせた。手をゆっくり開くと、薄紅のアスターの花が姿を現した。

「私のお師匠様が育てたものです」

魔女が手ずから育てたもの、作ったものは魔力を宿し、それが精霊や悪魔との取引材料となる。白蛇はアリスの両手に顔を寄せ、花を吟味する。

「悪くないね」

そう言って白蛇は大きく口を開けて花の茎をくわえ、もしゃもしゃと食べた。

「ついておいで」

花を食べ終えると白蛇は北の丸公園に向かい、アリスとイラはその後を追いかけた。

＊＊＊

アリスとイラが東京遠征をしている一方、幸成はリサと一緒に下鴨にある菊宮の本家を訪れていた。

菊宮の本家は下鴨東通《しもがもひがし》りに面しており、大きな家が立ち並ぶこの界隈《かいわい》でも一際大きく、存在感を放っている。高い築地塀《ついじべい》でぐるりと敷地を囲み、建物はフローレス邸と同じ様な純和風の造りだ。

「本当にアポ取れたんですか……？」

幸成がビクビクしながら隣に立つリサに問いかける。

今日も仕事が休みの為、幸成はリサに頼まれて一緒に菊宮の本家にやって来たのだが、家だけでも感じる圧倒的な格の違いに会う前からビビりっぱなしだ。

「取れましたよ」

あっけらかんとリサが言う。

緊張のあまり背が丸まっている幸成とは対照的に、リサはいつも通りしゃんと背を伸ばして目の前の邸《やしき》を見つめていた。

「陰陽師《おんみょうじ》ではないとはいえ、蘭堂の血を引く人間から逃げるのはプライドが許さないのでしょう。大変ですよねぇ」

他人を哀れんでいる様でバカにしている様にも聞こえるのは自分の気のせいだろうか、と幸成は思った。

呼び鈴を鳴らすとお手伝いさんがやって来て、リサの名前を聞くとすぐに中へと通してくれる。

お手伝いさんの案内で広縁を歩いて行くのだが、幸成とリサが横に並んで歩いても幅にはまだまだ余裕があった。

ガラス戸からは広い庭が見え、大きな池を中心として立派な松や桜の木が悠々と枝を広げている。

同じ和風建築のフローレス邸とはまた雰囲気が違う。フローレス邸は山の勾配《こうばい》を利用して入り組んだ造りをしているのに対し、菊宮邸は平地に建てているので広々とゆとりのある造りをしていた。フローレス邸は知る人ぞ知る隠れ家の様で、菊宮邸は王道の景勝地の様だなと幸成は思った。

案内されたのは庭が見渡せる広々とした畳の部屋で、リサと二人並んで座る。

幸成は何か話して気を紛らわせたかったが、ここはいわば敵陣だ。自分が思ってもいないことで足を掬《すく》われかねないので、ひたすら黙って時が経つのを待つ。

やがて衣擦《きぬず》れの音が近付いて来るのが分かった。

「お待たせしました。菊宮和則《かずのり》と申します」

着流しに羽織り姿の男性が、二人の前に座る。歳は幸成の父親と同じくらいに見えるが、纏《まと》う雰囲気が一般人のそれとは全く違っていた。

こちらに考えを悟らせないようにする為か、一切の感情を削《そ》ぎ落としている。だが、こちらのことは全て見透かされているように感じるので近寄りがたい。

「お時間を作って頂き、ありがとうございます。魔女のリサ・シラハセ・フローレスと申します」

幸成はリサのおまけみたいなものなので、できれば空気に徹したかった。だが、リサの自己紹介の次に和則が無言で視線を向けてくるので、自己紹介せざるを得ない。

「せ、誠倫病院の医師で、花満幸成と申します」

自己紹介が終わると幸成から興味をなくしたのか、和則はスッと視線をリサに戻す。

「申し訳ありませんけど、あまり時間がないのですぐにご用件を伺えますやろか」

これは言外にお前らに割く時間はないと言われているのだろうか。前なら言葉の裏を読むことなく額面通りに受け取っていた幸成だが、最近は言葉の裏を考えてしまって仕方がない。

リサは特に気にしたそぶりも無く、笑って口を開いた。

「ではお言葉に甘えて単刀直入に申し上げます。私達はある方に依頼されて菊宮さんの次男、菊宮和寿さんの事故について再調査を行っております。和寿さんが亡くなられた事故は他殺の可能性が高いそうで、まずはご家族の方にお話をお聞きしたくてこちらに伺いました」

予想していたものとは違う言葉が飛び出し、思わず幸成はぎょっとしてリサの方を見てしまう。

リサは菊宮とマリアの繋《つな》がりを調べると言っていた。事故については五十嵐たちが調べているはずだ。

もちろん菊宮から事故のことについて話を聞ければそれに越したことはないが、おいそれと話すはずがない。

まさかリサが聞くことを間違えたのかと、幸成は顔面蒼白《そうはく》だ。

和則はじっとリサを見据え、ゆっくりと口を開く。

「あれは不運な事故でした。私たちもやっと心の整理がつき始めたんです。いたずらに、搔《か》き乱すことはやめて頂きたい」

「他殺の可能性があるなら、真実を知りたいとは思いませんか」

引くということを忘れてしまったのかリサはそのままグイグイと和則に詰め寄るので、

幸成はヒヤヒヤしっぱなしだった。

「それはそちらの依頼人が望む真実では？　警察もちゃんと調べてくれはった。もう答えは出とります。そちらの都合にこちらを巻き込まんといて下さい」

「私の依頼人が望むことは、真実を知ることです。誰の都合にも曲げられていない真実を知ること」

リサは一歩も引かず、和則をまっすぐ見据えて言葉を放つ。

この依頼人とは菊宮夫妻のことを指しているのか、それとも、マリアのことを指しているのかと、幸成はぼんやりと思った。

「うちの話や。おたくの家の話やない。自分のものさしで他人の感情を測ろうとするなんて、全くもって品がない。あんたも、あんたの依頼人とやらも、御里が知れる」

ピシャリと言い捨て、和則が立ち上がる。

「あの白波瀬小夜の娘やからお会いしたけど、時間の無駄やったわ。結局は陰陽師になれへんかった落ちこぼれのお嬢さんやな」

「ちょっと！」

あまりの言いように幸成が声を上げたが、リサに腕を摑《つか》まれて制される。

「和寿さんには婚約者がいらっしゃったと聞きましたが、こちらに挨拶《あいさつ》には来られましたか」

ここでようやくリサが本題を切り出した。それまでの話の流れを容赦無くぶった切ったリサに、幸成は怪訝《けげん》な表情を浮かべる。

「和寿に婚約者はおりません。ただの遊びを女性側が勘違いしただけやないですか？」

顔色一つ変える事なく和則が返す。幸成にはそれが嘘なのか真実なのか、全く判断がつかなかった。

「お時間を頂き、ありがとうございました」

しかし、リサは美しくにっこりと微笑んで礼を言う。暴言を吐かれてもニコニコと笑うリサの考えが幸成には全く理解できなかったし、和則も眉間《みけん》に薄くシワを寄せてリサを見つめていた。

「……お客様がおかえりや。玄関まで送って差し上げ」

先ほどここまで案内してくれたお手伝いさんがずっと控えていたのか、広縁に正座をして頭を下げていた。その横を和則が通り過ぎて行く。

菊宮邸を後にした二人は、幸成の運転する車でフローレス邸へと向かっていた。

「なんなんですかあの人……大体リサさんは魔女なんだから、陰陽師になれないとか言うのがそもそもおかしくないですか」

珍しく怒りがおさまらない幸成はブツブツ言いながらハンドルを握っていた。

しばらくは黙って助手席で聞いていたリサだったが、やがてこらえきれずに吹き出す。

「なんで笑ってるんですか……」

自分が怒っているのに当の本人が笑うので、幸成はやるせない気持ちになってじとりと横目でリサを睨《にら》む。

「すみません、花満先生があまりにも怒ってくださるから」

「そりゃ怒りますよ！　いや、でも、リサさんもリサさんで無遠慮に突っ込んで行くかどうかとは思いましたが……」

最後の方はモニョモニョと不明瞭《ふめいりょう》な言葉になる幸成に、リサは一層声をあげて笑う。

指で目尻《めじり》をそっと拭《ぬぐ》っており、笑いすぎて涙まで出ているらしい姿に幸成はちょっとだけ引いた。

「なんで気にならないんですか」

幸成はまるで未知の宇宙人と接している様な気分になって来て、恐々と助手席に座っているリサの様子を横目で窺《うかが》う。

「母の名前は直接出しませんでしたが、向こうが私を白波瀬小夜の娘だからと思って話を聞いてくれることを期待していたのは事実です。ただの魔女なら門前払いです。親の七光で話を聞いてくださるのならありがたいことこの上ありません」

「ええええ……普通親の七光、とか言われたら嫌じゃないですか？」

「いい気分にはなりませんが、一方的に言われるなんて癪《しゃく》じゃないですか。親の七光、ここで使わずにいつ使うんですか。こちらから積極的に使ってナンボでしょう」

リサが傷ついていないのならいいが、自分だけがこんなにモヤモヤした気持ちになるのが解せない幸成であった。

「それにしても菊宮も相当焦っているみたいですね。あんな簡単に尻尾《しっぽ》を出してくれるとは思ってもいませんでした」

「え？」

ただ一方的に嫌味というか悪口を言われたと思っていた幸成には、リサの言う「尻尾」がどれなのか全く分からなかった。

「彼は、私と私の依頼人を『御里が知れる』と言いました。私は依頼人がマリアだとは言っていませんし、実際依頼人は裕司さんと玲奈さんです。おそらく、私が魔女ということでマリアと繋がっていると勘ぐったのでしょう。見事に外して墓穴を掘っている様は滑稽《こっけい》ですねぇ」

クスクスと愉快そうに笑っているリサの姿に、今度こそ幸成はドン引きした。

「あとは確実な証言が出揃うのを待つだけです」

確かに先ほどの和則の言葉だけでは弱いが、それを見据えて策を講じているらしい。その策というのが一体何なのか、幸成には分からなかった。

しばらく車を走らせているとリサのスマホが着信を告げる。

「すみません、アリスからなので電話に出ても？」

「どうぞ」

帯の隙間に挟んでいたスマホを取り出し、発信者の名前を見たリサが幸成に断りを入れて電話に出た。幸成にも聞こえる様にスピーカーにする。

「もしもし？　お疲れ様。何か収穫はあった？」

『首塚の近くを縄張りにしている白蛇に話を聞くことができ、最近金髪の魔女を見かけたと証言してくれました。魔女を見かけた辺りに連れて行ってもらったんですが、首塚の周辺に数ヶ所結界を張った跡がありました。おそらく人避《よ》けの類《たぐい》のものかと』

アリスが少し言い淀《よど》む。

『そのうちの一ヶ所で、その……微弱ですがマリアさんの魔力を感じました。イラにも確認してもらったので、間違いないです』

幸成はリサの反応を窺ったが、予想していたのかあまり驚いていない。

「ありがとう。そこまで調べてくれたなら十分よ。気をつけて帰ってらっしゃい」

『はい』

リサが通話を切って帯の隙間にスマホを戻す。

将門の件はマリアの仕業だと予想してはいたが、知り合いの容疑が少しずつ固まって行くのは辛《つら》いものがある。

「マリアさん、今どこにいるんでしょうか」

一応、マリアの足取りは五十嵐とステラが追っているはずだが、現在はつかめていないらしい。

こちらの早とちりと偶然の一致でマリアに容疑がかかっているだけで、今はふらりとどこかに旅行に行っているとか、そんな平和なオチを幸成はどうしても期待してしまう。

「菊宮の喉元《のどもと》に食らいつく好機を窺っているんでしょうねぇ」

だが、幸成の期待はリサによってすぐに打ち砕かれる。

「将門はすでに復活させているはず。普通なら足取りを摑ませない様にすぐに菊宮を襲うはずです。想定外のトラブルがあったのか、それとも何か考えがあるのか……」

確かに将門を復活させてすぐに菊宮を襲っていたら、幸成やリサ達が動き出す前に全ては決していた。

そうできなかった理由がある。

リサはマリアの思考をトレースしようとしているのか、腕を組んで黙り込んでしまった。


「花満先生」

翌日の昼前、医局で事務作業をしている所に相原がやってきた。

「どうしました？」

「先生に会いたいって人が来てはるらしいんやけど、今行ける？」

「はい。大丈夫ですよ」

退院した患者か患者の家族だろうかと思い、相原の後ろをついて行く。

救急のナースステーションの入り口に立っていた人は、相原に連れられてやって来た幸成を見て深々と頭を下げる。幸成より一回りほど年上の女性だ。飾り気のないシンプルな白シャツに膝丈《ひざたけ》の紺色のスカートを合わせている。

「あなたは……」

幸成を訪ねて来たのは、昨日菊宮邸で幸成たちを案内してくれたお手伝いさんだった。

「菊宮家に勤めております、立花《たちばな》、と申します。昨日、旦那《だんな》様と先生方がお話しになっているのを聞き、花満先生がこちらの病院にお勤めだとおっしゃっていたのを頼りに来ました。突然不躾《ぶしつけ》にすみません」

「いえいえ。今日はどうされましたか？」

幸成に問いかけられた立花は、一瞬ぐっと息を詰めた。やがて緊張した様に細く息を吐き出して、ゆっくりと幸成を見上げる。

「和寿様には、婚約者がいらっしゃいました」

思ってもいないところからのカミングアウトに、幸成は目を丸く見開いた。

患者に病状を説明する為の部屋が空いていたので、慌ててそこに入って立花の話を聞く。

「半年前、和寿様が本家に女性を連れて来られました。美しい金色の髪に青い瞳《ひとみ》を持つ異国の方でしかも魔女だというので、私達使用人も大層驚きました。もちろん旦那様をはじめ菊宮家の方達は結婚に猛反対されましたが、和寿様の意志は固く、結婚を許してもらえないのなら家と縁を切って日本を離れるとおっしゃいました」

和寿の決断は、同じ男としてすごいの一言しかないと幸成は思った。

そこまでして共に生きたいと思った相手がいて、生まれ育った場所を捨ててでも二人で生きて行く覚悟をした。幸せになって欲しかったが、幸成は彼の行く末をすでに知っている。

「しかし、和寿様は事故で帰らぬ人となり、婚約者のマリア様は最後に一目会わせて欲しいと本家に来られましたが、旦那様はそれすら許さなかった。玄関先で追い返し、愚かな魔女への報いだと旦那様はマリア様におっしゃいました」

陰陽師《おんみょうじ》と魔女という違いはあっても、同じ人間だ。菊宮が何をそんなに嫌悪していたのか、幸成には分からない。

そしてもう一つ、分からない事があった。

「なんで、立花さんは俺に教えてくれるんですか……？」

立花は菊宮側の人間だ。菊宮のやっていたことが表沙汰《おもてざた》になれば彼女は生活の基盤を失うかもしれないし、万が一、外の人間に真実を話したことが知れれば菊宮を敵に回す事になるだろう。

そうまでして、立花が幸成に真実を話した理由はなんなのか、それも幸成には分からなかった。

立花は俯《うつむ》いたまま、持っていた鞄《かばん》の持ち手をぎゅうっと握りしめる。

「和寿様は本当にお優しい方で、私達の様な使用人も人として対等に扱ってくださいました。幸せになるべき方でした。でも、本家の……旦那様は和寿様の幸せを踏みにじった。自分の思い通りにならないから」

時折声を震わせながら、立花は必死に言葉を紡ぐ。

子供にこうなって欲しいという願望が親にはある。だが、子供は親のものではない。

そんな当たり前のことを理解できない者がいることも確かだ。その一人が、菊宮和則だったのだろう。

「このままでは、あの家はまた同じことを繰り返します。そんなことはあってはならないと思います」

菊宮は永く続く名家だ。おそらく、菊宮の犠牲になったのは和寿だけではないだろう。一体今までどれだけの者が家の為の犠牲になって来たのか。

「今話して下さった事、リサさん……昨日一緒にいた魔女の方に話しても大丈夫ですか」

「はい」

立花が話してくれたことをできるだけ正確に伝えたかった為、断りを入れてリサに急いで電話をかける。

『もしもし』

幸いにもリサはすぐ電話に出てくれた。

「花満です。今大丈夫ですか？」

『少しだけなら大丈夫ですよ』

電話の向こうでごうごうと風を切る様な音がしていて気になったが、幸成は立花から聞いたことをリサに伝えた。

『ありがとうございます。暁名に伝えて、事故を起こした相手を取り押さえさせます』

「分かりました」

『あと、先ほど暁名の方からマリアらしき人物が菊宮邸に向かっていると連絡が入りました。危ないので、お手伝いさんは菊宮に戻らないようにとお伝え下さい』

「え」

『しばらく電話に出られなくなりますが、ご心配なさらず』

質問をする暇もなく、電話は一方的に切られてしまった。

＊＊＊

下鴨神社の南にある御蔭《みかげ》通りを、マリアは悠々と東に向かって歩いて行く。

太陽がちょうど中天にあり、建物の影はほとんどない。そんな灼熱《しゃくねつ》の中を、マリアは首元まで詰まった喪服の様な黒いワンピースを着て歩いていた。

「はーい、そこの綺麗《きれい》なお嬢さんストップねー」

もう少しで菊宮の邸《やしき》の前と言うところで、道の端に停まっていた車からスーツを着た男が出てきてマリアの前に立ちはだかる。男の腰には刀が差してあり、彼は胸ポケットから出した手帳をマリアに提示した。

「京都府警の五十嵐です。ちょっとお話を伺いたいんですけど、お時間いいですかね？」

五十嵐が車から出ると同時に、周りに潜んでいたらしい警察官達が音もなく姿を現す。

マリアは周囲をサッと確認すると、五十嵐に向かってニッコリと微笑んだ。

「とっても素敵なお誘いですけど、私、先約があるんです。また今度の機会にしてくださる？」

マリアが手のひらをくるりと返して開いた。

「ごきげんよう」

美しい笑みを浮かべたマリアが短く告げると、手のひらの上で火花が散り、炎が一気に燃え上がる。

「全員下がれ!!」

いち早く異変を感じた五十嵐が、血相を変えて叫ぶ。マリアを取り囲もうとしていた警察官達は、戸惑いながらも五十嵐の号令に従って一目散に走った。

マリアの手のひらに収まっていた炎は瞬く間に大きくなり、やがて鳥の形となる。大きな鷲《わし》くらいの大きさになった鳥は、バサバサと羽ばたいて空に飛び立った。

鳥が羽ばたく度に火気を帯びた風が生じ、周囲のものを炎の風で炙《あぶ》る。菊宮や近隣の家の庭の木が焼け、電線も火花を散らしながら焼き切れる。

警察官達はうまく物陰に隠れて火をしのいでいるが、熱風に巻かれるのも時間の問題だ。

「……鬱陶《うっとう》しいわね」

目的のものは目と鼻の先だ。ここで遊んでいる場合ではない。それにあまり時間をかけていては彼女がやってくる。

どうせこれから人を殺すのだ。一人や二人増えても大差ない。自分の目的を果たせなくなることの方が問題だ。いっそのこと一思いにやってしまおう、とマリアが思ったその刹那《せつな》。

「マリア!!」

熱風の向こうから、懐かしい友の声がマリアの名前を呼ぶ。

気がそれ、魔術がふつりと途切れた。使い魔が肩に降りて不思議そうに首を傾げている。

熱の残滓《ざんし》が残る道の向こう側で、箒《ほうき》を手にしたリサと目が合った。

＊＊＊

五十嵐から連絡を受け、リサは箒で八瀬から下鴨の菊宮邸へと飛んだ。

もう少しで菊宮邸というところで、目的地の住宅街から火柱が上がっているのが見え、シルフィーを急がせる。

マリアは警察官相手に炎の魔術を使用していた。箒から降りて無我夢中でマリアの名を呼ぶと、不意をつかれたからか魔術が解け、リサはホッと息をついた。

「おっせーぞリサ！」

建物の陰に隠れてなんとか焼死を免れた五十嵐が悪態をつくのを、リサは横目で睨《にら》んで黙らせる。手にしていた箒を彼の方へ投げると、慌てた様子ながらもなんとか受け取ってくれた。

そして視線を戻し、道の先にいるマリアの姿を捉《とら》えた。マリアもこちらを視界に捉えたようで、リサに向かって優雅に微笑んだ。

「こんにちは、リサ」

それまで炎を操って人を焼き殺そうとしていた女には到底見えない。

リサは、静かにマリアを見据える。

「こんな所で会えるなんて偶然ね」

まるで散歩の途中で知り合いに出会った時の様だ。

彼女の目的を知っているだけに、負の感情を微塵《みじん》も漂わせない完璧《かんぺき》さが恐ろしい。

「……あなた、自分が何をしようとしているか、本当に分かっているの」

地を這《は》う様な低い声でリサが口を開くと、マリアは花がほころぶ様に笑う。

ひまわりの様な、何の曇りもない満面の笑みを浮かべるマリアを、リサは眉間《みけん》に深いシワを寄せて見つめる。

「マリア、あなたは私達の代で一番賢い魔女だった。そのあなたがなんでこんなことをしてしまったのか、私には理解できない」

「別に理解して欲しいなんて思っていないわ。私は私を地獄に突き落とした人達に、同じ地獄の景色を見せてあげたかっただけ。だって私は魔女だもの」

目の前にいる女は、かつて学び舎《や》を共にした、リサがよく知っているマリア・リベラではなくなっていた。

同じ顔、声、仕草なのに、中身がすっかり変わってしまっている。

「リサだって知っているでしょう？　この家が、私達に何をしたのかを」

うっすらと上品な笑みを貼り付け、マリアはついと菊宮本邸を囲う塀を見上げた。

「菊宮の陰陽師《おんみょうじ》を一人吊《つ》るし上げて聞いたの。菊宮は和寿を殺した。どうしてだか分かる？　魔女である私と結婚しようとしたからだそうよ」

悲劇を語るマリアの笑顔は一ミリたりとも崩れない。

美しい宗教画に出て来る聖母マリアの様だが、その口から紡がれる言葉は祝福ではなく、禍々《まがまが》しい事実であり、呪いの言葉だ。

「私を殺さなかったのは、私の家のことを気にしてらしいわ。だから、身内の命で清算したそうよ。それほどまでに、自分の家の血が混じり、外に出て行く事を恐れている。それで身を滅ぼすとも知らずに」

「先日京都に出没した酒呑童子は、あなたの仕業?」

「そうよ。酒呑童子を復活させる前にも別の鬼で術を試したのだけれど、やっぱり日本のものと魔術は相性が悪くて、久しぶりに失敗もたくさんしたわ。でも、西洋の宗教を信じる藤原夫妻の血を供物にすることで、魔術がうまく効いたの。完全に制御はできなくて何人か無関係な人を傷つけてしまったけれど、酒呑童子の実験のお陰で将門を復活させるための糸口を摑むことが出来た。なによりあの夫婦が橋下果歩への復讐《ふくしゅう》を無事に遂げられて本当によかったわ」

とても自然に、嬉《うれ》しそうに、美しくマリアが微笑む。

見ている光景と話している内容が真逆で、恐怖すら感じた。

「将門の方の供物は菊宮に連なる子達ね」

「ええ。かなり遠縁の子達だけれど、全員菊宮の血を引く子達よ。子供はいいわね。純粋で、穢《けが》れを知らない。おかげで術の精度も上がった」

菊宮は恐ろしい魔女の恨みを買い、その代償が全く別の形で支払われてしまった。

最初の対応を菊宮が間違えなければこんな事にはならなかった。

さらわれた子供達にはなんの罪もない。

しかし、殺された菊宮和寿にもなんの罪もない。ただ、愛した人と、生涯を共にしたいと願った。ただそれだけなのだ。

和寿の思いと命を踏みにじった菊宮は、それ相応の制裁を受けるべきなのに、そうはならない。

立場の弱い者だけが不条理を被る。

だが、今回菊宮が踏みにじった相手はマリア・リベラだ。一方的に踏まれて終わる様な女ではない。

「さぁリサ、そこを退《ど》いて頂戴《ちょうだい》。私、そこの塀の中にいる虫を駆除しなくちゃいけないの」

うっとりと笑ったマリアは、リサに向かって左手を伸ばす。

「お行き、フェニックス」

懐に隠し持っていたナイフで左の掌《てのひら》を一文字に切り裂くと、マリアの左手に光が弾《はじ》ける。フェニックスがより大きな炎を纏《まと》ってマリアの腕に降り立った。

今使ったのは自分自身の血だ。魔力の消耗が激しいが、その分効果は物を介するよりも飛躍的に上がる。

リサが帯から扇子を引き抜くと同時に、フェニックスが大きく羽ばたいた。

「シルフィー!!」

ごう、と炎を纏った風が通りを吹き抜ける。炎に巻かれる寸前でリサが開いた扇子を下から上へと振り上げ、炎を上空へと逃した。

「今日イラはいないのね。好都合だわ」

炎の破片がチラチラと降り注ぐ中、マリアがにっこりと笑う。

シルフィーは風の妖精《ようせい》だ。風で炎は消せない。炎の天敵の水の属性を持つイラが対抗する方が有利だが、イラは今東京から帰って来る最中で頼りにすることはできない。

そして引っかかるのが、リサが知っているマリアの魔力ではないという所だった。何かが混ざっている感じがした。それに、血を使っているにしても威力が凄《すさ》まじすぎる。

眉間に深いシワを刻んで思考を巡らせるリサの肩に、鳥の姿をしたシルフィーが心配そうに降り立つ。

「残念だわ。リサとの最後がこんな形になるなんて」

フェニックスが飛び立ち、上空で旋回を始める。

「さようなら、リサ」

風が再び炎を纏い、炎が大きな竜巻となってジリジリとリサに迫る。

周辺の空気は熱風となり、息をすれば肺が燃えそうに感じる。リサは着物の袖口《そでぐち》で顔を覆い、シルフィーの風で防御壁を築いてなんとか防ぐものの、突破されるのも時間の問題だ。

こちらも血を使って魔力を底上げするか。しかし、底上げしたとして相性が悪すぎる。

何か手立てはないものか。

「リサ!!」

上空からリサを呼ぶ声が聞こえた。リサが見上げると、いつもの子供の姿をしたイラがステラの箒から飛び降りる。パッとイラの体が光を放ち、次の瞬間には大きな虹《にじ》色の龍《りゅう》へと姿を変えて地響きと共に地に降り立った。

炎からリサを守る様にとぐろを巻いたイラが空に向かって咆哮《ほうこう》すると、一帯に激しい雨が降り注ぐ。

炎を纏った竜巻はみるみるうちに小さくなり、建物に燃え移っていた火も余さず全て消し去られる。

激しい雨の勢いに、視界はあまりきかない。体を叩《たた》く雨粒が痛いくらいだ。

マリアが目を眇《すが》め、リサの姿を確認しようとしたその瞬間、

「っ!?」

リサが突然目の前に現れ、勢いそのままにマリアを押し倒した。

「諦《あきら》めて、マリア」

大雨に打たれて濡《ぬ》れ鼠になったリサが、肩で息をしながらマリアに馬乗りになって言い放つ。胸倉を掴《つか》んで押さえ込み、マリアの首元に閉じた扇子の先を突き付けている。

「……あなたは都合のいい時だけ擦り寄ってきて、都合が悪くなると魔女は自分たちとは違う生き物だからと拒絶する輩《やから》が憎くないの」

マリアの言葉にリサは顔を顰《しか》める。

どちらの血も引くが故に、どちらになることもできない。

陰陽師だ、魔女だと、生まれを理由に爪弾《つまはじ》きにあったことなんて一度や二度のことではなかった。

陰陽師の界隈《かいわい》からは、陰陽師になれなかった出来損ないと言われ、魔法界からは陰で陰陽師の猿真似と言われて笑われる。

なぜ自分ばかりがこんな理不尽な思いをしなければいけないのかと思ったことは数しれない。

だが、そんな問答はとっくの昔に終えた。

「所詮《しょせん》人は一人よ。男、女、親がいる者、いない者。生まれた場所に生きる場所、全部違う。自分以外に自分を理解できる者なんてこの世のどこにもいない。誰にも理解されない気持ちを抱えて、生きて行くの。そんなことも分かっていない、徒党を組むしか能のない輩の言うことなんて、ただの戯言《たわごと》だわ」

祖母にも、母にも、リサの苦しみは理解できない。だが、リサも二人の苦しみを完全に理解することはできない。

祖母は自分を頼って来た人を分け隔てなく助けていた。なのに、助けた人達は用が済んだ途端に恐れる。幼い頃、訪ねて来た依頼人が祖母を悪魔に魂を売り渡した化け物と蔑《さげす》んでいたのを聞いた事がある。フローレス邸の敷地内の庭で話していて、じっと見つめるリサと目が合い、依頼人達が泡を食って帰って行くのを何度も見た。

母は蘭堂の家を出るまでは女ゆえに出来損ないとして扱われていたと聞く。蘭堂を始め、陰陽師の良家の子女には夫を立て、子供を産んで育てるという古式ゆかしい女性像が求められた。結果的にその全てを断ち切って母は家を捨てたが、それまでの苦難は数知れないだろう。

だが、どちらの悲しみも悔しさも、想像することはできても完璧《かんぺき》に理解することはできない。逆もまた同じだ。

別の人間として生まれてしまったのだから。

皆それぞれの感情を自分自身で抱えて生きて行くしかない。

「……あなたは今も、昔も強いわね。私も、あなたみたいになりたかったわ、リサ」

ポタポタとリサの髪の毛から水が滴り、マリアの頰を濡らす。それがまるで涙を流しているかのようだった。

眉《まゆ》を下げ、マリアが悲しそうに笑う。マリアの雰囲気が変わったことに気付いたリサが、眉根を寄せた。

「さようなら」

マリアは持っていたナイフで自身の頸動脈《けいどうみゃく》を搔《か》き切った。

「マリア‼」

リサはマリアの首元に突きつけていた扇子を投げ、大量に出血する首を手で押さえて止血を試みる。だが、指の隙間から血があふれ出てくるばかりだ。

地面が水浸しなので、マリアの首から流れ出る鮮血が瞬く間に辺り一面に広がって行く。

「暁名！　救急車を呼んで！　早く！」

「分かっ……花満先生⁉」

スマホを取り出して救急車を呼ぼうとした五十嵐が素《す》っ頓狂《とんきょう》な声を上げ、リサもそれにつられて顔を上げた。

「リサさん！」

メディカルバッグを背負った幸成と五十嵐、いつもの子供の姿に戻ったイラが水を跳ねさせながら走ってくる。

「花満先生どうして……」

「いや、あんな電話の切られ方したら気になってしょうがないですよ！」

幸成は地面に膝《ひざ》をついてバッグを開く。

「とにかく止血をします。リサさん、場所を替わって……」

大量のガーゼで傷口を圧迫しようとした幸成が、思わず目を見開く。

首の傷口から紫色のもやのようなものが立ち上っていた。リサが両手で押さえている下の皮膚もどんどん紫色に変色して行く。

「……まさか」

リサが傷口から手を離し、代わりに幸成が慌てて止血する。首元の詰まったワンピースのボタンをリサが引きちぎると、見えた白い肌には、細かな文字や図式などがびっしりと刻み込まれ、仄《ほの》かに光を放っていた。

「なんですか、それ」

おぞましい光景に絶句した幸成がリサに問い掛ける。

「将門を復活させる為の術です！　マリアは術の精度を極限まであげる為、最初から自分の身を依《よ》り代として将門を降ろすつもりだったんです！　マリアが死んだら将門が蘇《よみがえ》る……！」

学生時代を一緒に過ごし、お互い良き友人として、良きライバルとして研鑽《けんさん》を積んだ。リサの知るマリア・リベラなら、自身もろとも破滅へと突き進むような手段を取るはずがなかった。

激しい憎悪の感情が、マリアを変えてしまった。

マリアの作戦を読み違えたことにより、リサは気が動転して頭が真っ白になり、なにも考えられない。

血が溢《あふ》れ出していくのに比例して、将門の気配が色濃くなって行く。マリアが死に近付くほど、将門の影が濃くなる。

リサは自分の心臓の鼓動で手が震えているのが分かった。

「リサさん！」

幸成に名前を呼ばれ、リサは弾かれたように顔を上げる。

「マリアさんが死ななければ、将門も復活しないはずですよね⁉」

「……はい」

リサが呆然《ぼうぜん》としながら答えると、幸成が五十嵐の方へ振り返る。

「五十嵐さん！　心臓マッサージお願いできますか⁉」

「おう！」

幸成に指示された五十嵐は、マリアの横に膝をついて心臓マッサージを始める。

「イラくんここ押さえるの代わってもらっていい⁉」

「はい！」

「あと、あなたは救急車呼んで！　あなたは菊宮さんのところから保温用の毛布借りて来て下さい！」

「はい！」

首の傷の止血をイラに代わり、幸成は気道確保をしながら次々と周りにいる警察官に指示を投げかけていく。

皮膚の色は顎《あご》の辺りまで変色していた。将門がマリアの命を糧にして、着実に復活しようとしていた。

だが、将門が完全に復活していない今、マリアはまだ生きている。

幸成が彼岸へと渡ろうとしているマリアの命を、必死に引き止めようとしていた。細く儚《はかな》い糸を、切れないよう懸命に手繰り寄せるように。

こんな時に呆《ほう》けている場合ではない。まだリサにはやるべきことが残っている。

しかし、魔術では将門を抑え込む事は不可能だ。

魔術でマリアの延命を手助けするという道もあるにはあるが、将門に押し負けてしまう可能性も高い。

術を施すなら、日本に由来を持つ術で将門を直接抑え込む方が勝率も上がる。

目を閉じて深呼吸を一つした後、ゆっくりと目を開き、目の前に横たわるマリアを見下ろした。

できることなら使うことなく、一生を終えたかったが、そうはいかないらしい。

心を決め、ずっと昔の記憶を呼び起こす。陰陽師《おんみょうじ》である母親から、教わった事を。

リサは軽く両腕を払って水に濡《ぬ》れた着物の袖《そで》を左右に流し、胸の前で両手の指を交差させ人差し指を立てて合わせる。

器材を使ってマリアの換気をしていた幸成は不思議そうな表情を浮かべ、五十嵐は目を見開いてリサを見つめていた。

幼い頃に母親から教わったことを思い出しながら、リサは口の中で言葉を紡ぐ。一心不乱に、何度も同じ言葉を繰り返した。

魔術を使う時とは違う感覚に少しずつ切り替わっていく。

乱れていた心が凪《な》ぎ、神経が研ぎ澄まされていくのを感じた。それに伴って空気が熱を帯び、やがてマリアの体を炎が包む。

「う、わ!?」

炎に驚いた幸成が、一瞬のけぞる。

「この炎はリサの術です！　俺たちには燃え移らない！」

「は、はい！」

五十嵐の言葉に幸成はのけぞった体を戻し、換気を続ける。

生まれた炎は、特にマリアの首元の傷、復活しようとしている将門の所に集中していた。炎は三人を囲むほど大きく、激しく燃え盛るが、誰一人として燃えていない。

マリアが使っていた全てを焼き尽くす炎ではない。災いを焼き尽くし、魔を払う、不《ふ》動明王《どうみようおう》の浄化の炎。

「ナウマク　サンマンダ　バザラダン　センダ　マカロシャダ　ソワタヤ　ウンタラタカンマン……！」

一際大きく、はっきりとリサが言葉を唱えると、激しく燃える炎が紫のもやを焼き尽くす。

紫のもやが消えると、炎もだんだんと小さくなって消えた。それと同時にマリアの肌の色が戻る。

救急車のサイレンの音が徐々に近づいてくるのが聞こえ、リサは大きく息を吐き出してその場に座り込んだ。


マリアは到着した救急車で誠倫病院に搬送された。

救急で容態を安定させてから手術室へと送り出し、一息ついた幸成はとりあえずびしょびしょのスクラブを着替える。

リサ達は五十嵐の車に乗って誠倫病院へとやって来ていた。マリアの手術が終わるのを待つらしい。

幸成はマリアの容態を伝える為、何か言いたそうな部長に謝り倒して救急の近くにある来院者用の休憩スペースに向かう。

一応、上司に言ってから菊宮邸に駆けつけたとは言え、上司が了解と言う前に飛び出してしまったので、お叱りを受けることは確実である。

いくら人命が懸かっていたとはいえ、勝手に判断をしたのはいただけないので説教は甘んじて受けるつもりだ。だが、仕方ないとは分かっていても積極的に受けたいものではないので、気分は憂鬱《ゆううつ》でしかない。

重い足取りでたどり着いた休憩スペースは、簡素なテーブルと椅子がいくつか置かれ、壁には自販機が三台並んだのみの殺風景な場所だ。

夕方近くというのもあってか、人はほとんどおらず、目立つ集団が一角を陣取っていても文句は言われない。

リサも五十嵐も着替えを済ませていた。五十嵐はいつものスーツ姿で、リサは白と青の魚の鱗《うろこ》の様な文様の夏着物に藍《あい》色の帯、銀の帯締めを合わせている。二人ともどこか疲れた表情が滲《にじ》んでいた。

東京から帰って来たアリスもいる。

ステラはイラを一秒でも早くリサの下に届ける為、京都駅でアリスとイラが到着するのを待ち受けていたらしい。イラが本来の龍の姿で空を飛んだら速そうだが、ステラに運んでもらう方を選んだということは彼女の箒《ほうき》の方が速いのだろう。

「花満先生」

幸成の姿を一番に見つけたリサが立ち上がり、深々と礼をする。予想外の展開に、幸成はギョッと目を見開いた。

「えっ、えっ⁉」

「この度はマリアを助けて下さって、本当にありがとうございました」

リサに続いてステラも神妙な面持ちで頭を下げている。

「い、いやいやいや！　現場で応急処置をしただけです！　手術は他の科の先生にお願いしましたし……！」

「それでも、花満先生があの場にいて下さったから、マリアが助かる可能性が高くなったことは間違いありません」

幸成はなかなか頭を上げない二人をなんとかなだめすかして席に着いた。

「まず最初に、行方不明になっていた赤ん坊が全員見つかった」

五十嵐から告げられた言葉に、幸成は目を丸くする。

「騒動があった最中《さなか》、府警に一通の手紙が届いた。差出人はマリア・リベラ。手紙には市内にあるマンションの住所が記されており、警察官がそこへ向かうと五人の赤ん坊達が眠っていた。マンションの名義は菊宮和寿となっており、マリアと一緒に暮らしていた部屋だと推測されている」

「良かった……！」

張り詰めていた緊張の糸が一気に解け、幸成は大きく息を吐き出しながらテーブルに突っ伏した。

思う存分安堵《あんど》の息をついた後、幸成はムクリと起き上がる。

「でも、マリアさん、本当に、最初から死ぬつもりだったんですね……」

マリアが死ねば、赤ん坊達の世話をする者がいなくなる。そして万が一、警察がマンションの居場所を突き止められなければ、赤ん坊達は死んでしまう。

自分が死ぬことを想定してマリアは赤ん坊達が一刻でも早く見つかるよう、菊宮を襲う前に準備していた。だいぶん前から死ぬ覚悟はしていたのかもしれない。

「赤ん坊を五人も誘拐したのは、死なせない様に一人一人から少しずつ血を抜く為だったんでしょう」

「相変わらず、酷《ひど》いんだか優しいんだかわっかんねぇ女だよなぁ」

五十嵐の言葉にステラが盛大にため息を吐き出した。

「そうね。でも、マリアに優しさがほんの少しでも残っていて本当によかった」

リリサがステラの言葉に同意しながら苦笑を浮かべた。

知らない間に変わってしまった所もあれば、変わらない所もある。どちらがいいとは一概には言えないが、少なくとも赤ん坊が無事だった件についてだけは変わっていなくて良かったと言える。

「菊宮和寿の事故の方は？」

「事故の相手に任意同行をかけて話を聞いたんだが、相手は以前菊宮が企業から依頼を受けて捕らえた陰陽師だった。呪詛《じゅそ》をかけた事を無かったことにする代わりに、事故を起こさせたらしい。だが、結局蜥蜴《とかげ》のしっぽ切りになるだろうな」

「そう」

マリアだけが裁かれるかもしれない。確かに彼女はそれだけのことをした。だが、彼女が凶行に走ったのは本を正せば菊宮のせいだ。なのに、菊宮を裁くことはできない。

どんよりとした後味の悪い空気が部屋に漂う。

「というかリサ！　お前、陰陽道使えるとか俺聞いてねぇぞ！」

五十嵐がその空気をぶち壊す様に声を上げ、ビシッとリサを指差す。

「暁名に言ったら面倒だもの。言うわけないでしょ」

それまでの感傷的な表情はどこへやら。リサは悪びれもせずさらりと言ってのけた。

「私が陰陽道を使えると知れたら、暁名だけじゃなく方々五月蠅《うるさ》くなるに決まってる。だから今まで黙ってたのに」

それに、他の術が使えると知られたら今以上に絡まれるわ。

魔女の世界でも異国の術を使えると知られたら、あまりよくは思われないだろう。陰陽師の方からは母親が陰陽師というので中途半端に手を出していると見られる可能性が高い。

それとは別に五十嵐の様に面倒な案件を押し付けてこようとする輩《やから》も増えるだろう。

魔術と陰陽道《おんみょうどう》、二つの術を扱えることは果たして彼女に幸福を招くものなのか、それとも厄災を呼ぶものなのか、今の時点では誰にも判断することができなかった。

だが、

「二つのことができるって、そんなに良くないことなんですか？」

幸成はそれまで思っていたことをポロリと零《こぼ》してしまった。

アリス以外の連中が目を丸くして幸成を見て苦笑を浮かべる。

「中途半端な存在はいつの時代も爪弾《つまはじ》きに遭うものです。私は祖母や母ほど能力が突出しているわけではありませんから、余計に」

リサの説明に、幸成は首を傾げた。

「一つの分野に特化することももちろんすごいですけど、もしリサさんが陰陽道を扱えなかったらマリアさんだけでなく俺たちも死んでました。自分が扱える武器が多いに越したことはないと思うのですが……こう、ハイブリッド的な……」

途中から自分が言っていることがどうやら普通じゃないらしいことに気づいた幸成は、自信がなくなってきてだんだんと言葉が小さくなって行く。

目を丸くした者たちは幸成を見つめ、そしてその全員が一斉に吹き出した。

「なかなか私達では思いつかない価値観ですね……ふふっ」

「見方を変えればシャロン・フローレスや白波瀬小夜を超す術師が爆誕したわけかー。本当お前規格外だな」

「ハイブリッド！　いいじゃん！　いいじゃん！　要はいいとこ取りだろ！　物は言いようだ！」

「花満先生らしい素敵な考え方ですねぇ。魔法界や陰陽師界もこういう考え方をしてくださる方が増えればいいのですが」

リサは嬉《うれ》しそうに笑い、五十嵐はひとわらいした後しみじみと隣のリサを見てつぶやく。ステラは手を叩《たた》いて爆笑し、イラは微笑みながら頷《うなず》いていた。

幸成とアリスは置いてけぼりとなり、呆然《ぼうぜん》と四人の様子を眺めている。

「確かに花満先生のおっしゃる通り、母が術を教えてくれたお陰でマリアを救うことが出来ました。魔術だけでは将門を抑え込めませんでしたね」

ひとしきり笑って気が済んだのか、リサが咳払《せきばら》いをして口を開く。

もし仮にあの場にシャロン・フローレスがリサの代わりにいたとしても、彼女では将門を抑え込むことはおそらく不可能だし、酒呑童子の件では白波瀬小夜がいたとしても制圧することは難しかったかもしれない。

技の精度か、手数の多さか。どちらが優れているのかなんて決められないものだ。

結局は自分にできることをするしかない。

「それにしても、今回は菊宮と、蘭堂の弱味が握れてよかったです」

「……ん？」

想定外の言葉が飛び出して来て、幸成は笑顔のまま固まって首をかしげる。

「蘭堂、ですか？　菊宮だけでなく？」

「いくらマリアといえども、一人で体に術式を描くのは不可能でしょう。術式を刻む手伝いをしたのは、おそらく蘭堂に連なる者です。何より、あの術式は蘭堂の家に伝わる秘術の一つ。将門の復活でマリアの体諸共《もろとも》焼けて証拠が消える予定だったのでしょうけど、残念でしたねぇ」

リサの母は蘭堂家の出身だ。そして、男社会と言われる陰陽師の世界で最高峰に上り詰めた女傑だ。いくら秘されていることとは言え、元実家の秘術の一つや二つは知っているだろう。そして、いつかの時の為に自らの娘に教え、それが今実を結んだのだ。

「なんで魔術じゃなくて陰陽道にしたんだ？」

「酒呑童子の時は魔術を使ったけれど、完全に支配できなかった。だから今回は陰陽道の術で復活させたんでしょう」

五十嵐の質問にリサが答える。

「蘭堂の目的はマリアに菊宮の人間を殺させることだった。将門の復活にまで関与していたとなると、世間は放っておかないでしょう」

クスクスと楽しそうに笑うリサ。想定外の黒幕の登場に、幸成はあっけに取られて口をポカンと開けている。

「これからマリアが証言をしてくれれば万々歳。何かあった時には遠慮なくカードを切らせてもらいます。菊宮と蘭堂の弱味を握れるのなら、多少の面倒にも目を瞑《つぶ》りますよ。依頼料もいただけましたし」

因縁のあるものに自ら近づこうとするものは少ない。

しかし、弱味を握るためなら痛くも痒《かゆ》くもないと言ってのけるリサに、幸成は自分とは次元が違うことをまざまざと思い知らされた。

「さすが魔女……」

「お褒めいただき光栄ですわ」

呆然とつぶやいた幸成の言葉に、リサはこの上もなく美しい笑みを浮かべた。

エピローグ

京の天気は変わりやすく、さっきまで晴れていたかと思えばあっという間に曇って雨が降る。そうかと思えば、また晴れたりもする。女心と秋の空、とはよく言うが、京都の空模様もそれに負けていない。

幸成は八瀬のフローレス邸へと向かって車を走らせていたのだが、その途中で雨がぽつぽつと降り出した。

ただでさえ湿度の高い夏の京都では湿度が更に上がってうんざりしてしまうが、森の中というのもあるのか、八瀬の山奥では温度が下がって少し息がしやすくなるようにも幸成は感じた。

フローレス邸の門柱のインターフォンを押すと、傘を差したイラがいつものように出迎えてくれる。

「いらっしゃいませ、花満先生」

「お邪魔します」

「足元が滑りやすくなっていますので、お気をつけ下さいね」

門から玄関まで続く階段は石段だ。転んだら軽く命の危機なので、幸成はイラの忠告を素直に聞いて、用心深く石段を登った。

「すみません、奥までご案内したいのですが、台所で用事が残っておりまして……」

邸《やしき》の玄関に着くと、イラが申し訳なさそうに言う。

「いいよいいよ。さすがにもう行き方分かるしさ。台所行っておいで」

「本当にすみません」

最早《もはや》身内のような扱いに、幸成は嬉しくなって思わず頬がほころんだ。

いつも通される応接室へと向かうと、リサが広縁に座って庭を眺めているのが見える。

今日は雪のように真っ白な生地に矢絣《やがすり》の地紋が織られた着物を着付け、帯も着物と同じ白色に銀糸で宝相華《ほうそうげ》文様が織り込まれている物を結んでいた。桔梗《ききょう》色の帯揚げと帯締めに、真珠の帯留めをつけている。

座布団に座り、脇息《きょうそく》にもたれて雨に濡《ぬ》れる庭を眺めており、着物を着崩すことなくきっちりと着ているにも拘《かか》わらず、その様子は相変わらず涼しげだ。

「こんにちは」

「花満先生」

幸成が挨拶《あいさつ》すると、リサはにっこりと笑って軽く会釈をした。

少し離れた所に腰を下ろし、幸成はリサと同じ様に庭を眺める。

「マリアさんが目を覚まされましたよ」

庭を眺めながら、幸成は口を開く。リサの表情は見えない。

「まだ話すことはできませんが、赤ん坊達やリサさん、ステラさんの無事を伝えたら、泣いていました」

罪のない赤ん坊達や旧友が無事であったことに安堵《あんど》したからか、それとも菊宮に一矢報いることができなかった悔しさなのか、マリアがどんな気持ちで涙を流したのかは幸成にもリサにも分からない。

リサは一つ息を吐き、ゆっくりと口を開いた。

「マリアのやったことは許されないことです。それでも、やっぱり、生きていてくれる事が嬉しい」

罪を犯したとしても、リサとマリアが友人であった事実は変わらない。友人が生きていることを喜ぶのは普通の感情だ。

だが、今二人が置かれている状況はそれを許してくれない。

「被害者の方もいるのに、ひどいですよね」

嬉しさと後ろめたさ。その二つの感情に挟まれたかのように、リサは泣きそうな顔で笑う。

「……犯した罪は裁かれるべきですが、善人であれ悪人であれ命は平等です。全ての命が尊いことに変わりはないと、俺は思います」

幸成は目を伏せて少し考えてから、ゆっくりと言葉を紡ぐ。

リサは顔を上げ、目を丸くして幸成を見つめた。

やがて、眩《まぶ》しいものを見る様に目を細める。

「花満先生は、本当に善《い》い人ですねぇ」

リサの言う善い人というのは決していい意味だけには聞こえなかったが、悪い意味だけでもないことも分かる。

なんと言葉を返せばいいのかと幸成がまごついていると、リサがいつものようににっこりと笑った。

「花満先生の様な方がいてくださるから、私も綺麗事《きれい》を少しは信じてみたくなりました」

幸成はリサの言葉を反芻《はんすう》する様にゆっくりと瞬《まばた》きをした後、じとりと睨《ね》め付ける。

「……それって褒めてます？　貶《けな》してます？」

「あら、疑われるなんて心外ですね。もちろん褒め言葉ですよ」

「綺麗事ってあんまりいい意味じゃないと思うんですけど」

「花満先生ったら考えすぎですよ」

幸成の苦情を、リサは難無くお得意の微笑で躱《かわ》した。

参考文献

『図説　魔女狩り』黒川正剛　河出書房新社
『陰陽師の解剖図鑑』川合章子　エクスナレッジ
『ＫＩＭＯＮＯ姫　⑦晴レの日編』祥伝社
『ＫＩＭＯＮＯ姫　⑫キモノ・スタイル・ブック編』祥伝社

本書は書き下ろしです。
この物語はフィクションであり、実在の人物・
地名・団体等とは一切関係ありません。

京《きょう》の森《もり》の魔女《まじょ》は迷《まよ》わない

朝《あさ》比《ひ》奈《な》夕《ゆう》菜《な》

令和4年 8月25日　初版発行

発行者●青柳昌行

発行●株式会社KADOKAWA
〒102-8177　東京都千代田区富士見2-13-3
電話　0570-002-301（ナビダイヤル）

角川文庫 23295

印刷所●株式会社暁印刷
製本所●本間製本株式会社

表紙画●和田三造

●お問い合わせ
https://www.kadokawa.co.jp/（「お問い合わせ」へお進みください）
※内容によっては、お答えできない場合があります。
※サポートは日本国内のみとさせていただきます。
※Japanese text only

ISBN 978-4-04-112729-2　C0193

◇◇◇

角川文庫発刊に際して

角　川　源　義

第二次世界大戦の敗北は、軍事力の敗北であった以上に、私たちの若い文化力の敗退であった。私たちの文化が戦争に対して如何に無力であり、単なるあだ花に過ぎなかったかを、私たちは身を以て体験し痛感した。西洋近代文化の摂取にとって、明治以後八十年の歳月は決して短かすぎたとは言えない。にもかかわらず、近代文化の伝統を確立し、自由な批判と柔軟な良識に富む文化層として自らを形成することに私たちは失敗して来た。そしてこれは、各層への文化の普及滲透を任務とする出版人の責任でもあった。

一九四五年以来、私たちは再び振出しに戻り、第一歩から踏み出すことを余儀なくされた。これは大きな不幸ではあるが、反面、これまでの混沌・未熟・歪曲の中にあった我が国の文化に秩序と確たる基礎を齎らすためには絶好の機会でもある。角川書店は、このような祖国の文化的危機にあたり、微力をも顧みず再建の礎石たるべき抱負と決意とをもって出発したが、ここに創立以来の念願を果すべく角川文庫を発刊する。これまで刊行されたあらゆる全集叢書文庫類の長所と短所とを検討し、古今東西の不朽の典籍を、良心的編集のもとに、廉価に、そして書架にふさわしい美本として、多くのひとびとに提供しようとする。しかし私たちは徒らに百科全書的な知識のジレッタントを作ることを目的とせず、あくまで祖国の文化に秩序と再建への道を示し、この文庫を角川書店の栄ある事業として、今後永久に継続発展せしめ、学芸と教養との殿堂として大成せんことを期したい。多くの読書子の愛情ある忠言と支持とによって、この希望と抱負とを完遂せしめられんことを願う。

一九四九年五月三日

結婚独身貴族

朝比奈夕菜

推し活女子、〈友情結婚〉で幸せに!?

小鳥遊《たかなし》透子《とうこ》29歳、オタク。世間の圧は感じるが、結婚も恋愛もしたくない。趣味に没頭していたいけど、独り身は正直ちょっと、生きづらい。そんな時、大学からの友人で、超絶イケメンの永田《ながた》晴久《はるひさ》から提案されたのは、なんと〈友情結婚〉。超のつく草食男子の晴久は、無駄にモテ過ぎて貞操の危機を感じているのだという。かくして利害が一致した2人は結婚することに!! 契約結婚、でも恋愛フラグは立ちません! ノットラブコメディ!

角川文庫のキャラクター文芸

ISBN 978-4-04-111794-1

結界師の一輪華

クレハ

落ちこぼれ術者のはずがご当主様と契約結婚!?

遥か昔から、5つの柱石により外敵から護られてきた日本。18歳の一《いち》瀬《せ》華《はな》は、柱石を護る術者の分家に生まれたが、優秀な双子の姉と比べられ、虐げられてきた。ある日突然、強大な力に目覚めるも、華は静かな暮らしを望み、力を隠していた。だが本家の若き新当主・一《いち》ノ宮《みや》朔《さく》に見初められ、強引に結婚を迫られてしまう。期限付きの契約嫁となった華は、試練に見舞われながらも、朔の傍で本当の自分の姿を解放し始めて……？

角川文庫のキャラクター文芸

ISBN 978-4-04-111883-2

ISBN 978-4-04-112399-7

あやかし和菓子処かのこ庵

嘘つきは猫の始まりです

高橋由太

崖っぷち女子が神様の和菓子屋に就職!?

見習い和菓子職人・杏崎《あんざき》かの子《こ》、22歳。リストラ直後にひったくりに遭い、窮地を着物姿の美男子・御堂朔《みどうさく》に救われる。なぜか自分を知っているらしい朔に連れていかれたのは、東京の下町にある神社の境内に建つ和菓子処「かのこ庵」。なんと亡き祖父が朔に借金をして構えた店だという。「店で働けば借金をチャラにする」と言われたかの子だが、そこはあやかし専門の不思議な和菓子屋だった。しかもお客様は猫に化けてやってきて——⁉

角川文庫のキャラクター文芸

ISBN 978-4-04-112195-5